CUPRIN

De acelasi autor:

Si frunzele ascund emotii
ISBN 978-606-9412473

Cuvinte pentru femei scrise de un barbat
ISBN 978-606-598-601-5

Hotii de iubire
ISBN 978-606-598-686-2

Cartile pot fi achizitionate de pe site-ul
www.DespreRealitate.ro
blogul personal al autorului.

1 GREŞELI CE NU POT FI IERTATE

Dacă nu ar fi fost acea piatră blestemată, Robert ar fi fost şi acum alături de soţia lui. Este greu de imaginat cum o simplă piatră poate schimba destinul unui om. Dacă ne gândim bine, viaţa multor oameni se schimbă, nu în urma unor fapte măreţe şi demne de scris în cărţi, ci datorită unor întâmplări lipsite de importanţă.

Fiecare pas pe care-l facem ne deschide uşa către noi oportunităţi şi către noi drumuri. Doar cei care nu păşesc sunt în siguranţă. Ei rămân la adăpostul obişnuinţei, acolo unde responsabilităţile sunt puţine sau inexistente.

Această poveste nu este scrisă, în niciun caz, pentru a acuza pe cineva că a făcut alegeri neinspirate. Ce om este îndeajuns de virtuos încât ar putea să arate cu degetul greşelile altora?

•••

Trecuseră 12 zile de când primise acea declaraţie. De câte ori venea dimineaţa la birou, deschidea sertarul în care aşezase cu grijă foaia listată. Îşi aducea cafeaua, deschidea laptopul, apoi se uita la acele rânduri cu smerenie de parcă în acea foaie se afla izbăvirea despre care vorbeau atâţia profeţi.

O citea de câteva ori, apoi, deşi el ştia că nu are ce să găsească acolo, întorcea foaia şi pe spate. De fiecare dată făcea la fel. Era un ritual al speranţei. Căuta pe spate un indiciu care să-i dezlege măcar o fărâmă din acel mister care îl măcina zi şi noapte.

Deși își dorea să nu se mai gândească la acel e-mail, tot ce făcea era să-și piardă tot mai mult timp, cufundat între rânduri. Analiza topica acelor cuvinte și sensul lor ca un criminalist ieșit la pensie, care încă dorește să dea de cap unui caz care nu-și găsise niciodată rezolvarea.

Robert începuse deja să fie neglijent la muncă. Nu mai era acel spirit pătrunzător care găsea reclama perfectă pentru orice fel de produs. Acum cădea în visare, iar, când visa, el se detașa de lumea în care trăia. Cunoscuse câteva femei la viața lui, dar niciuna din acele femei nu ar fi fost capabilă să scrie ceva care să-i meargă așa de bine la suflet.

Cu ochii minții o vedea pe Dana, roșcata focoasă cu care-și petrecuse cea mai mare parte a relației în pat. Cu ea cunoscuse adevărate culmi ale voluptății. Nu-l refuza nicio- dată. Acea femeie parcă era construită din pasiune pură, dar cuvintele din acel e-mail nu ar fi putut fi scrise niciodată de ea. Pur și simplu nu i se potriveau ca fel de a fi.

Apoi își avânta gândurile către Amalia. Cu ochii aceia migdalați, pielea albă și forme rușinos de libertine, era o femeie care trăia pentru orice altceva dar nu pentru poezie, iar acea declarație de pe biroul lui era o poezie curată. Amalia ura dulcegăriile și era o tipă extrem de practică. Tocmai din acest motiv îl părăsise. Practic, nu voise s-o ceară de nevastă, deși ea îi dăduse de înțeles că-și dorea asta prin orice dialog.

În ultimul timp refuzase să mai facă dragoste cu el. Îi spunea că ar fi preferat să facă amor doar sub umbrela unei forme legitime de relație. Asta îl enervase tare pe bărbat. După ce îi cunoscuse fiecare tip de tremur erotic și fiecare zonă a corpului pe care ea și-o lăuda dezinhibată, acum îi solicita sacrificiul suprem pentru un bărbat necăsătorit: renunțarea la propria libertate.

Acel e-mail îl consuma atât de tare pe Robert, încât în vreo două zile a adus acasă acea foaie. Nu a scos-o din geanta laptopului, dar se simțea bine, știind-o acolo. Era o mărturie că încă mai conta în ochii altor femei, deși era căsătorit.

În a șaptea zi, de când primise declarația, foaia listată devenise atât de uzată, încât el făcu o nouă copie xerox după cea veche. Luă noua foaie, proaspăt listată, și o privi cu bucuria pe care o mai cunoscuse doar în ziua în care își luase prima mașină din viața lui. Foaia veche stătu prinsă cu o agrafă de cea nouă, încă două zile. Într-un final se hotărî s-o arunce pe cea uzată. O băgă în tocătorul de acte și, cu fiecare bucată pe care mașina o sfârteca, inima bărbatului se strângea tot mai tare.

Era clar. Nu mai putea continua așa. Trebuia să ia o decizie.

POVESTEA LUI ROBERT

Robert avea 44 de ani. Era copywriter la o firmă de publicitate. Era un domeniu care îi făcea plăcere, deoarece era un tip care nu ducea lipsă de idei. Știa să comprime în câteva cuvinte toată esența unui serviciu sau produs. Toți îl iubeau pentru asta. De multe ori se gândise să se apuce de scris. Totuși credea cu tărie că meseria de scriitor nu-i va aduce beneficiile materiale pe care le avea aici. „Prea multă muncă pentru nimic", i se adresa mereu un prieten care se ocupa cu scrisul. De câte ori se întâlnea cu acesta, Robert se bucura că alesese publicitatea.

Nu se vedea nicio urmă de prosperitate în viața prietenului său. Soția îl părăsise, iar el era tot mai abătut și purta niște haine tot mai ponosite.

– Literatura nu mai este de mult timp o mondenitate, îi spunea prietenul lui. O carte bună este, înainte de toate, o marfă spirituală. Lumea nu mai are timp să-și cultive spiritul, Robert. Altele sunt acum valorile pe care oamenii își aruncă banii.

Spunea asta și mai sorbea puțin din berea care-l aștepta cuminte în halbă. Prietenul lui avea mustață și, de câte ori sorbea lichidul blond, îi rămâneau urme de spumă în ea. Cu o mișcare pe care numai purtătorii de mustață au reușit să o deprindă, prietenul său își cuprindea cu buza de jos întreaga mustață și o lipsea deîndată de orice urmă de bere. Mișcarea asta i se păru mereu ciudată lui Robert. Oare bărbatul din fața lui ridica foarte mult buza de jos sau știa să-și coboare mustața?

Într-o zi, nu mai rezistă și-l întrebă:

– De ce porți mustață? Ai văzut că nu prea se mai poartă? Acum barba este la modă.

Prietenul sorbi din halbă și începu să-și explice motivația.

– Când eram mic, mama era înnebunită după actorul Clark Gable. Îți aduci aminte?

– Da, spuse Robert. Era Rhett Butler din filmul „Pe aripile vântului", nu?

– Chiar el. Când se uita la filmele lui, mama nu mai respira. Chiar avea discuții serioase cu tata pe această temă. El afișa un ciudat sentiment de gelozie. Se simțea amenințat. Mama îi spunea că nu sunt șanse de a se întâlni ea cu marele actor, iar pe tata îl durea asta. Într-un fel îi confirma tatei că, dacă s-ar fi întâlnit cu actorul, mama nu i-ar fi putut rezista.

– Probabil ar fi trebuit să-i spună că, indiferent ce mare actor ar veni la ea, nu l-ar fi putut înșela pe tatăl tău nicio- dată, interveni Robert.

– Exact. Așa cred și eu. Însă mama nu-i spunea asta nici- odată. Punea fidelitatea ei pe umerii hazardului. Hazardul nu aparține cuiva anume. Se putea întâmpla chiar și asta. Ca un mare actor să ajungă într-un orășel de provincie și să-și dorească să petreacă o noapte fierbinte cu o femeie lipsită de celebritate. Această șansă de 0,001 la sută îl făcea pe tata să se îngălbenească de gelozie.

– Să înțeleg că din acest motiv ți-ai lăsat mustață?

– Da. Într-un fel, am vrut să-i ofer mamei imaginea bărbatului perfect. Păcat că nu a mai apucat să mă vadă cu mustață decât vreo trei ani. I se luminau ochii atunci când mă privea. Apoi a venit acea zi în care…

– Da…, spuse Robert, suficient de tare încât să-l audă prietenul lui și suficient de încet încât să nu-l jignească. Auzise de multe ori povestea morții mamei prietenului lui. O moarte stupidă. O sunaseră de la un concurs la radio la care participase. O tombolă, de fapt. Au anunțat-o că a câștigat o mașină. Emoția i-a fost atât de puternică, încât i s-a oprit inima. Se putea spune că murise de bucurie. Așa cum murise și marele poet Sofocle.

Ciudat este că, la câteva ore de la moartea femeii, cei de la radio au sunat din nou pentru a-și cere scuze. Făcuseră o greșeală. Biletul femeii fusese de fapt cel care ieșise din concurs înaintea extragerii finale. La telefon răspunsese de această dată chiar soțul femeii. Le spuse calm că „Nu este nicio problemă" şi închise telefonul. Oamenii reacţionează foarte interesant atunci când sunt în stare de şoc.

Pentru a schimba subiectul, Robert îl întrebă:

– La ce carte mai lucrezi?

– Bine că m-ai întrebat. Chiar voiam să-ţi spun. Un tip se trezeşte singur într-o cameră, legat fedeleş. Camera nu are geamuri. Are doar o uşă din aceea mică prin care poţi primi doar mâncare. Aici este misterul. Ştii ce s-a întâmplat de fapt?

– Nu-mi povesti, îi zise Robert pe un ton absent. Mi-o dai s-o citesc după ce vei fi terminat cartea.

– Mai bine, confirmă scriitorul.

Robert îi citise toate cărţile. Nu scria rău, dar îi lipsea acel ceva care l-ar fi putut duce pe culmile succesului. Transmitea un plictis teribil în poveştile lui. Deşi subiectele erau interesante, erau scrise fără vlagă. Erau ca o piesă muzicală bună din care lipsea ritmul. Lipseau tobele şi basul.

– Zilele trecute am primit acest e-mail, sparse tăcerea Robert, după câteva minute bune în care fiecare dintre cei doi bărbaţi rămăsese atent doar la propriile gânduri. Mâna lui ţinea o hârtie pe care era listat e-mailul de care povestea.

Prietenul luă foaia plictisit, aşa cum face un editor când primeşte un manuscris de la un scriitor care dezamăgeşte de fiecare dată. Îşi înmuie din nou mustaţa în halba de bere şi începu să citească. Pe măsură ce parcurgea rândurile, expresia feţei i se modifica. Aşa cum se modifică expresia spectatorilor la un teatru bun. Prietenul părea absorbit de acele cuvinte. Termină de citit, luă încă o gură de bere şi reluă pagina.

– Dar bine, Robert, când…

– Acum 14 zile.

– O cunoşti pe femeia care ţi-a trimis acest e-mail?

– Nu. S-a semnat cu un pseudonim „Visătoarea".

– Am văzut. Tania ştie de acest e-mail?

– Nu. Nu i-am spus. Îmi este teamă să nu cumva să o cunosc pe expeditoarea acelui e-mail. Ştii că am avut o tinereţe mai zbuciumată şi…

– Ştiu, Robert! Doar ne cunoaştem de 25 de ani. Dar ar trebui să fie trecută de 40 de ani această femeie dacă ar fi aşa.

„Visătoarea" nu este chiar un pseudonim pentru o femeie matură. Iar tu eşti căsătorit de 12 ani. Asta dacă nu cumva ai mai călcat pe alături.

Spunând asta, scriitorul îl privi pe prietenul lui. Ochii lui erau încărcaţi de un reproş clar, nedisimulat. Robert lăsă privirea în jos. Scoase piatra din buzunar şi începu s-o frământe printre degete. Parcă îi cerea ajutorul.

– Robert, lasă dracu' piatra aia. Dă şi tu dovadă de puţină maturitate!

– N-o face pe lupul moralist cu mine, Stanley. Nu cred că este cazul.

Stanley, căci aşa se numea scriitorul, fusese căsătorit de trei ori. Primul divorţ fusese din cauza lui. Plecase cu o altă femeie. Soţia lui înţelesese, după o lună în care el nu dăduse niciun semn, că nu mai avea rost să-l aştepte.

Al doilea divorţ fusese hotărât de comun acord.

„Nepotrivire de caracter" îşi motivaseră ei cererea de separare. Se certau zilnic. Într-o zi, enervat de cele auzite din gura ei, ridicase mâna s-o lovească. Se oprise la timp. „Uite ce era să fac!" îi spuse soţiei. Ea îl privi şi îi zise: „Nu eşti genul de bărbat care ar putea lovi o femeie, dar nici aşa nu mai putem trăi. Eu plec la mama."

Şi-a adunat într-o cutie câteva haine şi a ieşit pe uşă. Stanley stătea în acest timp pe pat în dormitor, fără să facă vreun gest. Când soţia lui ieşi pe uşă, el îşi astupă urechile cu mâna. Se aştepta ca ea să trântească uşa în urma ei. Însă nu făcu asta. După jumătate de oră, bărbatul vru să intre în bucătărie şi atunci trecu pe lângă uşa de la intrarea în apartament. Observă că era deschisă. Femeia o lăsase aşa. Îi mai dăduse o ultimă şansă de a veni după ea. El nu o făcuse. Avea nevoie de linişte, iar în acel scandal domestic nu putea scrie nimic.

A treia soţie îşi golise pur şi simplu şifonierul în care-şi ţinea lucrurile şi alte obiecte de-ale ei. Lăsase casa fără nicio urmă a existenţei ei acolo. Parcă cei doi ani, cât stătuse alături de Stanley, ea nu fusese decât o fantezie de-a lui. Lăsase pe pat un bilet scris cu un marker roşu, care la un moment dat se şi terminase, iar ultimul rând fusese scris cu unul verde. „Îmi pare rău, dar în acest fel nu pot să mai trăiesc!" Cuvintele „mai trăiesc" erau scrise cu verde.

Fusese o întreagă teorie dezbătută atunci. Stanley îl sunase în acea zi pe Robert şi îl chemase la el ca să-i arate biletul. Robert susţinea că femeia scrisese dinadins acele cuvinte cu o nuanţă verde. Scriitorul spunea că se vedeau clar cuvintele „pot să" scrise destul de şters, semn că se terminase markerul.

MISTERUL SE DEZLEAGĂ

Cu ceva zile în urmă, Robert primi un e-mail. Era în birou, concentrat la finalizarea unui proiect care urma să depășească termenul limită de predare, chiar în următoarele ore. Stabilise un sunet personalizat pentru căsuța de

„Inbox". Când auzi acel sunet, sări ca fript de pe scaun. „Ce naiba mai vreți de la mine? Nu am patru mâini. Ar trebui să-mi dublați salariul!" se gândi nervos și-și aruncă privirea pe ecranul calculatorului.

În subiect era scris: „Sper că te gândești și tu la mine, la fel de intens."

Foarte ciudat. S-a uitat la expeditor și nu cunoștea deloc cui îi aparținea acea adresă de e-mail. Era posibil să fie o glumă de-a colegilor lui. Mai făceau așa ceva uneori, dar, în ultimul an, încetaseră deoarece personalul era tot mai puțin. Mulți plecaseră, iar celor rămași munca nu le mai dădea ocazia de a se delecta cu astfel de glume. Când se întâmpla, nu se supăra nimeni, căci erau un colectiv creativ și ideile originale ar fi trebuit să fie lăudate și apreciate.

Acum era clar altceva. Nu încăpea îndoială. Era un e-mail primit din afara organizației și totuși nu intrase în „Bulk", așa cum se întâmpla de obicei cu reclamele neautorizate.

Era cineva care știa adresa lui de e-mail, robert.alistar@ creativeminds.com.

Robert deveni dintr-odată foarte curios. Cine era acea persoană și ce dorea de la el? Citi e-mailul de câteva ori și se lăsă pe spătarul scaunului. Cu mâna dreaptă își masa fruntea de parcă voia să-și verifice ridurile. Listă e-mailul, apoi îl șterse din „Inbox" și din „Deleted".

Se ridică de la birou, luă foaia din imprimantă și se îndreptă spre geamurile mari și bine spălate. Stătea în picioare, privind clădirea de birouri din fața lui. La etajul șase văzu o femeie care stătea în picioare cu o cafea în mână și părea că le spunea ceva unor colegi sau subalterni care stăteau la o masă rotundă și o ascultau cu atenție. La un alt birou, o femeie masa ușor gâtul unui bărbat care-și lăsase capul pe spate învăluit în plăcere. Bărbatul se opri un moment, apoi își scoase cravata. Femeia îi așeză gulerul cămășii și continuă să-l maseze peste cămașă.

Astfel de lucruri se întâmplau aproape zilnic și la Robert în firmă. Masajul gâtului mai alunga stresul. El se afla la etajul șapte și putea vedea foarte bine ce se întâmpla în birourile din clădirea de vis-à-vis doar când erau geamurile de acolo deschise. Se simți ca un voyeurist și acest gând nu-i făcea plăcere. Își privi mâna dreaptă în care se afla foaia și păru surprins. De parcă cineva i-ar fi strecurat acea hârtie în palmă fără acceptul lui, în timp ce privea pe geam.

Ridică foaia și începu să citească mult mai calm decât atunci când o făcuse la calculator:

„Când te gândești cu adevărat la cineva, înseamnă să nu-ți mai permiți luxul de a te gândi la tine, ci la persoana care te-a fermecat. Fără să fii abătut de la nimic. Nici de la faptul că în ziua salariului primești mereu mai puțini bani decât ai impresia că meriți și nici de la faptul, îngrijorător de altfel, că au început să se topească ghețarii. Să nu fii abătut nici măcar de la realitatea faptului că îmbătrânim în fiecare zi, iar singura șansă de a împiedica asta este să învățăm să trăim cu adevărat.

Ani de zile am crezut că nu există nici măcar un bărbat care ar putea înțelege aceste trăiri care se zbat în mine, așa cum valurile furioase lovesc țărmul oceanului pe timpul celei mai temute furtuni.

Când te-am văzut, mi-am dat seama că mă înșelasem. Chiar dacă un bărbat ca tine este o raritate, acest lucru mă ajută să nu-mi pierd speranța. Ce ar fi o lume lipsită de speranță? Cum ar arăta o lume în care femeile nu ar avea șansa de a găsi partenerii potriviți? Bărbați care au învățat că emoțiile care se nasc în sufletul unei femei nu pot ajunge la maturitate decât în brațele celui pregătit să le descifreze.

Visătoarea”

•••

Se gândi de multe ori dacă ar fi trebuit să răspundă acelui e-mail.

Poate că până la urmă era doar o farsă. Sau poate soția lui citise vreun articol în Cosmopolitan sau altă revistă de acest gen și îi venise vreo idee nu prea inspirată. Voia să-l testeze pentru a-i vedea reacția. Dacă ar fi fost așa, faptul că nu i-a spus despre acel e-mail îl făcea deja părtaș la infidelitate.

Tania nu dăduse niciun semn că l-ar bănui de ceva. Sau poate era o actriță foarte bună și se amuza pe seama lui. Sau poate voia pur și simplu să-i întindă o capcană. Dar de ce să facă asta? Ca să aibă motiv să scape de el? Poate nu-l mai iubea sau poate că-și făcuse un amant mai tânăr decât el, iar ea, fiind prea delicată, nu putea să-i spună acest lucru de la obraz. Dar, dacă ea ar fi putut dovedi că el era capabil să o înșele, ar fi avut un motiv bine justificat ca să-l lase.

Ar fi fost penibil să ajungă să aibă un dialog erotic cu propria soție, ea știind că vorbește cu el, iar el crezând că discută cu o altă femeie.

Lăsă baltă ideea de a scrie înapoi ceva. Trecu încă o săptămână și curiozitatea îl măcina de parcă era vie. O curiozitate care avea propria viață în mintea lui Robert. Știa pe dinafară adresa de e-mail de la care primise acel mesaj. Se hotărî să-i scrie, dar nu de pe adresa de e-mail de la serviciu, ci de pe e-mailul personal. Așa ar fi evitat orice discuție ulterioară cu persoane care nu-și aveau rostul în acel dialog digital.

Trimise e-mailul într-o luni seară. La „Subiect" era scris „Cred că m-ai confundat." Textul suna așa:

„Bună. După cum m-ai descris, m-ai făcut să cred că am mai multe calități decât mi-aș fi dorit să am. Sunt sigur că nu te-am văzut vreodată, deși m-am străduit să mă gândesc la toate persoanele pe care le cunosc. Prin urmare, ai încurcat adresele de e-mail. Îți mulțumesc, oricum, pentru felul în care m-ai făcut să mă simt. Este ciudat să primești astfel de complimente de la o femeie cu care nu te-ai întâlnit vreodată."

Se semnă scurt, Robert.

Reciti cuvintele. Chiar dacă ar fi fost ale soției lui, nu promisese nimănui nimic și nici nu-și asumase vreo vină pentru acel e-mail.

Cuvântul „ciudat" fusese pus dinadins în ultima propoziţie. La început fusese „minunat". „Este minunat să primeşti astfel de complimente de la o femeie cu care nu te-ai întâlnit vreodată." Chiar dacă aşa simţea, modificase textul pentru a nu stârni un scandal care nu-şi avea rostul dacă soţia lui era autoarea acelor rânduri.

Oricum, lucrurile se vor lămuri după ce va trimite acest mesaj. O mare parte din el simţea că totul a fost o eroare de expediere. Mai era şi o altă părticică din fiinţa lui care ar fi vrut să accepte că un bărbat ca el încă ar putea face o femeie să viseze. Se gândea că o prietenă de-a vreuneia dintre colegele lui ar fi fost cândva în vizită pe la firmă şi îl observase. Apoi nu rezistase tentaţiei de a intra în vorbă cu el, iar cea mai accesibilă cale ar fi fost acel e-mail. Cât sunt de naivi bărbaţii atunci când vine vorba de erotism. Robert se lăsase mistuit de un foc aprins de tastatura unui calculator. Putea fi absolut oricine autorul acelor rânduri.

Pe de altă parte avea inima strânsă de teama că, în seara următoare, soţia lui îi va arăta mesajul listat. Parcă şi vedea ce urma.

– Robert, a fost suficient un mesaj anonim ca să te facă să salivezi după himera unei alte femei.

– Da' de unde...

– Nu mă minţi. M-ai jigni dacă ai face asta. Ţi-ar fi plăcut să ştii mai multe despre această Messallina. Dacă nu ai fi fost interesat, nu i-ai fi trimis un răspuns.

Toate aceste dialoguri se desfăşurau în mintea bărbatului la câteva minute după ce trimisese deja mesajul. Adevărul era că i-ar fi plăcut să mai petreacă măcar câteva ore în desfrâu cu o femeie pentru care nu avea nici cea mai mică obligaţie. Aşa cum făcea în tinereţe, când călătorea din pat în pat ca un pescăruş voiajor care lăsa un răvaş de amor şi apoi pleca mai departe.

Era clar! Trecea prin acea criză a bărbatului trecut de 40 de ani care încă voia să-şi demonstreze că mai era interesant. Acum trebuia doar să aştepte acel mesaj în care îşi pusese mari speranţe. A doua zi, după ce ajunse acasă de la serviciu, discuta cu Tania despre un caz care era intens mediatizat la televizor. Un tânăr dintr-un sat se căsătorise cu o femeie multimilionară, care era mai mare cu şapte ani decât el. Cei doi se declarau fericiţi şi erau invitaţi în fel şi fel de emisiuni pentru a povesti celor mulţi care este secretul unei relaţii atât de împlinite. Femeia se îndrăgostise de bărbat fără ca măcar să-i cunoască chipul. Discutaseră pe o reţea socială câteva luni înainte. El nu avea nicio poză. Îi spunea ei că, dacă şi-ar pune câteva poze, nu l-ar ajuta cu mare lucru, căci oamenii au tendinţa de a se concentra pe chipuri şi forme. Tocmai acest lucru încerca el să ocolească. Spunea tânărul că, atunci când vrei o relaţie serioasă, ar trebui să te concentrezi la personalitatea partenerului, deoarece, în primul rând, ar trebui să poţi sta relaxat lângă acesta.

Dacă nu poţi fi tu însuţi într-o relaţie, cel de lângă tine poate să arate ca un actor de Hollywood. Asta nu te va ajuta foarte mult. Tânărul afirma, într-un interviu la care se uitau şi Robert şi Tania că, atâta timp cât vei fi îmbătat doar de elasticitatea şi fermitatea pielii partenerului, relaţia va ajunge repede la un impas, fiindcă vei avea tendinţa să compari mereu partenerul cu persoanele din jur.

La cel mai mic defect pe care-l vei observa la partener, se va surpa ceva în mintea ta. Vei începe să te îndoieşti de perfecţiunea celui de lângă tine, iar el va începe să-şi piardă încrederea în tine, căci se va simţi comparat.

Tânărul spunea toate astea în timp ce-o ţinea de mână pe iubita lui mai în vârstă. Femeia recunoştea că-şi făcuse câteva operaţii estetice la cei mai buni medici pe care banii îi puteau cumpăra. Acum nu mai conta, căci felul în care o privea iubitul ei, o făcea să nu-i mai pese de cum arăta de fapt. Era fericită că acel tânăr reuşise s-o convingă doar prin cuvinte că nu toţi bărbaţii sunt la fel.

Lui Robert i se păru un teatru ieftin toată această mediatizare a celor doi, însă Tania nu era de acord cu el.

— De-ar gândi toţi ca acest tânăr, femeile ar fi mult mai fericite.

— Sigur, hai să nu ne mai deranjăm cu felul în care arătăm, căci personalitatea ne va fi observată de către cei din jur. Îţi dai seama, Tania, că o relaţie înseamnă şi o atracţie biologică, iar acest magnetism devine cu adevărat vizibil în momentul în care personalitatea se îmbină în mod armonios cu frumuseţea şi armonia noastră fizică? Adică cine a spus că un om cu un caracter frumos ar trebui să fie urât sau o persoană cu un corp foarte sexy ar trebui să fie posesorul unui caracter mizerabil? Nu le putem avea pe amândouă sau ne este teamă că avem de muncit de două ori mai mult pentru a le șlefui pe ambele?

— Tipic bărbătesc, spuse încet Tania.

Femeia schimbă canalul televizorului, vrând să încheie discuția.

— Îți dai seama câți oameni încep să se cunoască pentru prima dată pe internet? Noi ne-am văzut atunci când nu existau rețele sociale. Acum toți vorbesc între ei, dar mi se pare că oamenii sunt mai singuri ca niciodată.

Robert se gândi că, dacă acel tânăr reușise s-o convingă pe femeia milionară că merita să facă parte din viața ei, atunci ar putea avea și el șanse destul de mari pentru a convinge autoarea acelui e-mail că mesajul ei a ajuns la cine trebuia. Faptul că soția lui nu spunea nimic și nu părea deloc suspicioasă, întări convingerea bărbatului că ea nu era implicată în conceperea acelui e-mail. Tot ce avea de făcut era să aștepte.

•••

Într-o zi, Robert își întrebă soția:

— Tania, ce calități crezi că ar trebui să aibă o femeie?

— Bănuiesc că nu ai nevoie să-ți detaliez.

— Nu, nu vreau. Mi-aș dori să aflu ce părere are o femeie despre acest aspect.

— În primul rând ar trebui să fie drăguță.

— Nu mi se pare definitoriu cum ai spus-o. Drăguț poate fi un pui de pernă sau un hamster.

— Ar trebui să fie frumoasă. Este mai bine așa?

— Frumusețea este un atu care poate anula existența multor defecte. Sunt de acord.

— Ar trebui să fie plăcută.

— În ce sens?

— Să fie zâmbitoare și veselă. Nu cred că un bărbat și-ar dori o femeie răutăcioasă și insolentă lângă el, decât dacă el ar avea o anumită problemă. Sau să fie masochist.

Robert ridică două degete ale mâinii drepte în aer.

– Frumoasă și zâmbitoare. Altceva?

– Dacă ar arăta bine, ar fi încă un atu. Totodată cred că o femeie cu adevărat plăcută, ca personalitate, nu are nevoie să arate ca în reviste.

– De acord. Este totuși o calitate. Vorbim de calități pentru care un bărbat poate rămâne alături de o femeie.

– Să nu fie cicălitoare.

– Am mai discutat. Adică plăcută și zâmbitoare. Hai să te întreb eu ceva. Cum crezi că se simte un bărbat care stă la braț cu o femeie frumoasă în jurul căreia roiesc toți masculii?

– Cred că este foarte mândru. Nu cred că visează niciun bărbat la o femeie pe care nu o vrea niciun alt bărbat.

După câteva momente de tăcere, în care Tania se gândi intens, spuse repede.

– Inteligentă.

– Pentru o anumită categorie de bărbați, da. Eu știu cel puțin 5 colegi care nu ar vrea să intre în legătură cu o femeie inteligentă. I-ar face să se simtă prost.

– Cu simțul umorului.

– Sunt de acord. Nu în sensul de a spune numai bancuri, dar să fie relaxată și veselă. Am mai spus. Deci frumoasă, relaxată, zâmbitoare și să arate bine.

Indiferent ce alte calități mai încerca să găsească Tania, soțul ei le încadra pe toate la unul dintre cele patru degete ridicate.

– Tania, bărbații nu sunt complicați. Sunt ca niște băieți mai mari atrași de frumusețe și armonie. Sunt femei care încearcă să dețină mari funcții și înalte poziții în carieră.

Mare parte din aceste femei sunt singure. Cel puțin așa văd eu lucrurile. Bărbații sunt atrași de o feminitate puternică. Glasul domol și sexy, mersul lasciv și privirea senzuală. Toate astea combinate cu o personalitate și un caracter plăcut fac dintr-o femeie o mană cerească.

– Tu te simți încorsetat în prezența mea?

– Nu. De ce spui asta?

– Mă gândeam că o femeie nu ar trebui să-i facă reproșuri bărbatului. Ar putea să-i spună într-un alt mod atunci când vrea ceva diferit de la el.

– Văd că ai început să-mi spui exact ce vreau să aud. Mă

păcălești.

Tania zâmbi.

– Te păcălesc de ceva timp și tu nici măcar nu-ți dai seama de asta.

Robert se gândi din nou la acel e-mail. Până la urmă era oare posibil ca soția lui să fi făcut o glumă? Schimbă canalul televizorului și totodată subiectul. Găsi pe un alt post un documentar despre cele mai neconvenționale case. Priveau amândoi liniștiți acea emisiune.

Soția lui se ridică de pe fotoliu și se așeză pe pat în poala bărbatului. Luă unul din brațele lui și-l petrecu pe după mijloc. Se juca cu degetele soțului. Aceleași degete care mai devreme constituiau cele mai importante calități ale unei femei. Tania începu să se alinte. Se bucura și torcea ca o pisicuță ghiftuită.

TANIA

Tania, soția lui Robert, era o femeie mignonă, cu păr negru și niște ochi căprui care aveau reflexii verzui în lumina soarelui. Erau ca niște valuri care se mișcau alene doar pentru a demonstra privitorului că frumusețea naturii nu trebuie niciodată sa fie statică. Avea o piele creolă și un zâmbet vioi. Era o plăcere să stai în preajma ei.

Se îmbrăca neconvențional și radia foarte multă energie. Când citea, purta niște ochelari care nu aveau ramă. Acei ochelari nu o avantajau deloc. O făceau să pară bătrână și caraghioasă și, deși Robert încercase să-i spună chestia asta de câteva ori, ei nu-i păsa. Faptul că nu dădea doi bani pe sfaturile altora îi dădea un farmec aparte. Era o femeie generoasă și era în stare să-și petreacă ore întregi în brațele soțului ei fără să se miște. Stătea nemișcată ca o pisică. Acolo își găsea liniștea.

Își păstrase o siluetă de invidiat. După nașterea băiatului se îngrășase vreo 12 kilograme, dar le dăduse jos într-un an de zile. Dacă o vedeai îmbrăcată așa, în pantaloni largi și într-o jachetă de jeans uzată, ai fi zis că este o puștoaică hippie. Numai dacă își punea ochelarii aceia ciudați îi dădeai 45 de ani, deși ea avea 38.

Îi plăcea să decoreze interioarele caselor. Nu se știe de unde avea acest talent și această înclinație, căci tatăl ei era contabil, iar mama ei fusese cofetar vreo 20 de ani. Mamei îi plăcuse să decoreze toate acele dulciuri și bunătăți, iar plăcerea de a schimba obiectele din jur în forme apetisante și armonioase i se transmisese și fetei. De câte ori venea în vizită la Robert și la Tania, se apleca foarte greu pentru a se descălța. Era o femeie plinuță. Dacă nu era acasă David, nepoțelul ei, ca s-o ajute, atunci treceau câteva minute bune până reușea să scape de ghete. Doar nepotului îi permitea s-o ajute să-și dezlege șireturile.

Apoi intra în bucătărie, veselă și rotundă ca un tort. Cum o vedea pe Tania, îi spunea: „Nu știu cum ai ieșit tu așa, piele și os, măi fată", de parcă faptul că nu era mai grasă repre- zenta vreun păcat. Apoi deschidea frigiderul și-și arunca ochii prin el. Imediat se auzea din gura ei: „Haideți să vă fac ceva bun!" David sărea în sus de bucurie și țopăia din cameră în cameră, ca un iepure de câmp.

Adevărul era că Tania nu arăta deloc ca mama sa. Era greu să-ți poți închipui că era fata ei. Tania încercase o afacere cu amenajări interioare, însă renunțase în câțiva ani. Simțise că nu i se potrivea ceea ce făcea. Își dorea ca toate acele decoruri să fie admirate de întreaga lume, iar faptul că schimba interiorul unor apartamente, de care nu știau decât proprietarii acestora, o umplea de mâhnire.

Se îndreptase către ceva mai interesant, dar mult mai prost plătit. Făcea decoruri pentru teatru. Robert avea suficienți bani cât s-o întrețină, fără să fie nevoie ca ea să aducă un venit constant în fiecare lună. Era mult mai feri- cită așa.

Avea un caiet în care își făcea diverse schițe pentru anumite piese de teatru de care auzea că se vor pune în scenă. Era plină de idei și credea că lumea teatrului s-ar fi putut revoluționa doar dacă ar fi existat decoruri care ar fi putut conduce spectatorul într-o altă lume. Oamenii care plătesc biletul de intrare își doresc să iasă din cotidian. Așa considera ea.

De multe ori, spectatorul știe ce situație a vieții se joacă într-o anumită piesă, căci află din descriere. Mai ales că multe puneri în scenă se fac după ideile unor mari scriitori cum ar fi Cehov, Samuel Beckett sau Carlo Goldoni. Interpretarea nu ar putea fi prea diferită de ideea originală a dramaturgului. Diferența o va face întotdeauna decorul.

Pe Tania o bucurau imens toate legăturile pe care și le făcea cu regizorii, directorii de teatru și actorii, indiferent că erau începători sau erau obișnuiți de ani de zile cu ropotele de aplauze ale publicului. Cu studenții la teatru discuta cu același entuziasm de care dădea dovadă și atunci când purta un dialog cu un regizor consacrat. Tor timpul îi spunea lui Robert cum ar arăta o anumită piesă dacă ar schimba anumite cadre, anumite lumini și chiar și unele obiecte care păreau în aparență ca fiind lipsite de importanță.

Soțul ei o asculta și zâmbea. De multe ori îi prezenta toate acele idei, ea stând pe genunchii lui, iar el pe un fotoliu citind o carte sau o revistă. Nu apuca și el să citească două-trei pagini, că soția îi și sărea în brațe. Îi închidea ușor cartea și-l întreba dacă și-a pus vreun semn. În caz contrar, îi spunea cu voce tare pagina unde rămăsese. „Ai tot timpul să citești, Robert. Ai rămas la pagina 71.” sau „Hai că nu mai ai mult, ești deja la pagina 143. Am și eu nevoie de atenție, căci sunt soția ta.”

După ce îi spunea toate astea, își deschidea caietul și începea să-i ceară părerea. Actorii erau reprezentați de punctulețe în schițele ei. Robert o întreba de ce unele puncte sunt mai mari decât celelalte. „Pentru că aceia sunt bărbații.” Era delicioasă în tot ce spunea și o făcea atât de natural, încât niciun bărbat din această lume nu s-ar fi putut supăra pe ea.

Casa era plină de machete și pânze vopsite în diverse nuanțe. Când primea câte o comandă, își dedica întregul timp până vedea că acea piesă ieșise așa cum își dorise. Căuta sponsori pentru tinerele trupe, muncea cot la cot cu actorii, își dădea cu părerea despre anumite replici, făcea reclame pe rețelele de socializare și, de multe ori, toți banii pe care-i primea, deși erau sume modice, îi reinvestea în decoruri.

Într-una din seri Robert era invitat să participe la o anumită oră, împreună cu niște colegi de serviciu, la o piesă de teatru a unor tineri actori. El rămase surprins când văzu că soția lui era cea care vindea bilete la intrare. Îi făcu cu ochiul și îi ură vizionare plăcută. Din când în când Tania se uita la televizor, la câte un spectacol care era transmis în direct din Las Vegas. Atunci rămânea fără cuvinte. Plângea de ciudă că ea nu va putea ajunge să redea niciodată acea perfecțiune a scenei.

Robert era de multe ori invidios pe această pasiune pe care o avea soția lui. El nu cunoscuse niciodată așa ceva la locul lui de muncă. Cu cât o privea mai mult, cu atât se întreba mai mult dacă nu cumva alesese un drum greșit în viață în ceea ce privește copywriting-ul.

•••

În urmă cu trei ani, în luna iunie, Robert căzuse de acord cu Tania să plece într-un concediu de câteva zile în Thassos. Auzise de multe ori de această insulă și în special de plaja de marmură. Pe băiat îl lăsase în grija mamei Taniei. Nu mai plecaseră de mult timp de unii singuri.

Și-au luat câteva cărți în bagaje și au ieșit pe ușă. Doar vântul le-a fost partener de drum. Au preferat să meargă cu mașina. Au traversat marea cu feribotul. A fost o experiență unică.

Mașina lor era parcată între câteva tiruri în acea burtă imensă a feribotului. Aveau de traversat cam 40 de minute pe mare. Ieșiți din mașină pentru a urca la etajele superioare ale navei, cei doi soți se țineau de mână și începură să se strecoare printre mașini. Când ajunseră în fața acelor tiruri, un gând ciudat trecu prin mintea lui Robert. Dacă unul din șoferi nu asigurase bine mașina și tirul ar fi înaintat chiar și jumătate de metru, i-ar fi strivit ca pe niște lăcuste. Călătoria prin spațiul acela îngust îl făcu pe bărbat să experimenteze o stare de nesiguranță. Tania era foarte veselă. Când își privi soțul, îl întrebă:

— Ce ai? Pari cam galben. Ți-e rău?

— Nu am nimic, o minți el. Probabil am rău de mare. Uite, privește în stânga.

Sute de pescăruși zburau în paralel cu acea ambarcațiune. Unii dintre ei se mai odihneau în apă, apoi își luau din nou zborul.

Priviți de atât de aproape, pescărușii păreau destul de mari. Tania se minuna de acea nuanță de roșu care li se observa în vârful ciocului.

— Câtă grație au în zbor, spunea soția lui și nu-și mai lua ochii de la aripile acestora.

– Eu mă duc până la toaletă. Mă țin de câteva ore.

– Bine, Robert, spuse încet Tania, fără să-și desprindă ochii de la frumoasele zburătoare.

Bărbatul nu stătu mai mult de cinci minute. Când se întoarse, soția lui nu mai era în locul în care se despărțiseră. Dacă voia să plece, i-ar fi spus, se gândi el. Devenise deja nesigur de locul în care o lăsase. Începu să alerge pe scările de fier ale ambarcațiunii ca un nebun. Trecea printre turiști și îi privea insistent. Toată lumea râdea și privea pescărușii, numai el parcă se afla la un maraton. Ajunse la mașină, făcându-și curaj să treacă încă o dată prin fața mastodonților aceia. Nu era nici în mașină. Cheia era oricum la el.

Se întoarse din nou la etaj. Era deja foarte panicat. Se gândea să dea buzna în cabina căpitanului. Ce să-i spună?

„Soția mea a dispărut în timp ce eu eram la toaletă!" Probabil că ar fi râs de el sau i-ar fi spus „Ar trebui să aveți mai multa grijă de ea, domnule!"

Dacă ar fi căzut peste bord, ceea ce părea o imposibili- tate, căci marginile erau înalte, ar fi trebuit să se arunce din proprie voință sau s-o arunce cineva. Ar fi văzut măcar unul din turiști, căci toți erau atenți la valurile din jurul vasului. Își plimba ochii prin tot vaporul, chinuindu-se să distingă siluetele oamenilor din cauza soarelui puternic. Se blestema pentru prostia de a-și fi lăsat ochelarii de soare în mașină.

I se păru, într-un târziu, că o vede pe soția lui, discutând cu un bărbat. Ea râdea de mama focului și părea că nimic nu o deranja. Robert ajunse într-un suflet lângă ei. Când îl văzu, ea se adresă soțului de parcă se despărțiseră de un minut, nu de douăzeci:

– Robert, fă cunoștință cu Alessandro. Este italian get-beget și a venit aici cu o prietenă care, din câte am înțeles, are rău de mare și stă întinsă într-una dintre cabine.

– Piacere di averti conosciuto[1], Roberto, întinse mâna italianul. Avea unghiile lăcuite.

---

[1] Mă bucur că v-am cunoscut

– Încântat, îi spuse Robert, fără tragere de inimă. I se păru extrem de libidinos acel bărbat și, în timp ce-și arăta dantura cu dinții lui inegali, își fixa privirea în decolteul Taniei. Robert era nervos. L-ar fi aruncat pe filfizon în apă. Era înalt și ciolănos și nu părea să aibă mai mult de 25 de ani. Cu un păr negru dat cu ulei, își continuă discuția cu soția lui, de parcă Robert venise doar să le aducă un pahar cu apă, după care să plece.

– Alessandro doar ce a terminat arhitectura, spuse voioasă Tania, ca și când își felicita o rudă apropiată că reușise sa treacă în cele din urmă și peste ultimul examen.

Robert o luă nervos de braț pe soția lui și îi spuse aces- tuia, în scârbă:

– Au revoir, monsieur![2]

– Robert, dar ești nepoliticos. În primul rând că i-ai vorbit în franceză, iar în al doilea rând...

– Termină cu mizeriile astea, Tania! Era să-mi stea inima. Știi prin ce stări am trecut când m-am întors de la toaletă și nu te-am găsit? Mi-am făcut tot felul de gânduri. Nici nu am început bine concediul...

– Nu-ți stă bine s-o faci pe gelosul, să știi.

Au coborât scările și s-au strecurat printre înfricoșătoarele mașini. Robert a deschis portiera și a urcat în mașină.

– Sper că urci și tu. Și ca să știi, pe Alessandro nu-l luăm. Soția lui zâmbi ușor. Robert fierbea de nervi.

În zece minute vaporul s-a lipit de mal. Primul program de radio care se auzea, când s-au apropiat de mal, difuza piesa *No woman, no cry* a lui Bob Marley.

– Chiar că..., spuse încet bărbatul. Tania era pe bancheta din spate. Urcase acolo ca un fel de protest.

– Ce ai spus?

– Nimic.

Au reușit să plece și ei după ce s-a golit feribotul de mașinile din fața lor. Mergeau de câteva minute fără să spună nimic.

– Robert, cât o s-o mai ții așa?

[2] La revedere, domnule! (franceză)

– Îți dai seama cum m-ai făcut să mă simt? Parcă erai o puștoaică de liceu care a văzut primul tatuaj la un bărbat.

– Uite care e situația. Încetează să-mi mai vorbești așa. Nu m-am simțit atrasă de el. În timp ce te așteptam, Alessandro m-a întrebat în italiană dacă am mai fost în Grecia. Știi bine că am studiat această limbă și era un moment oportun de a face o conversație.

– Și te-ai gândit să fugi cu el.

– Nu am fugit. Mi-a spus că puțin mai încolo era un loc din care se vedeau pescărușii și mai bine. M-am dus cu el. Ce rău putea să se întâmple? Mă gândeam că mă vei vedea. Nu ai și tu impresia că, atunci când ești blocat pe un vapor, toți oamenii din jur capătă cumva o familiaritate ciudată? Parcă ar fi vecini. Îmi pare rău că te-ai supărat, dar am și o veste bună.

Bărbatul tăcu, așteptând explicația ca pe ceva firesc.

– Mi-am dat seama că știu destul de bine italiană. Știi ce greu găsești un italian prin locurile astea?

– Bănuiesc că puteam să găsesc și eu o rusoaică dacă tot am stat pe Arca lui Noe, comentă răutăcios Robert.

– Hai, bosumflatule, oprește să urc în față lângă soțul meu.

Bărbatul opri mașina, ridicând un nor de praf în jurul lui. Tania coborî din mașină și deschise portiera din față ca să urce.

În acel moment un grup de vreo patru scutere trecu pe lângă ei. Un scuter se opri chiar lângă mașina lor. Bărbatul care-l conducea își scoase casca și începu să râdă larg de parcă pe el îl așteptau. Era Alessandro. Le făcea vesel cu mâna.

Robert ar fi dat cu mașina peste el. Papițoiul se holba în continuare în decolteul Taniei. Ea îi spuse „Arrivederci[3]", iar el „Ci vediamo sulla spiaggia[4]". Cam atât.

Alessandro plecă după ceilalți, iar Tania intră în mașină.

Robert o privi, iar ea își strânse gura, instinctiv, reducând sever larghețea zâmbetului.

– Ai văzut că nu era cu nicio prietenă? Se holba numai la sânii

---

[3] La revedere

[4] Ne vedem pe plajă

tai. Ce tupeu să...

— Să nu te aud că mai comentezi ceva, îi reproșă ea soțului.

El nu mai spuse nimic. Plecară, admirând peisajul uscat și acele flori colorate care se iveau din curțile caselor.

AL DOILEA E-MAIL

La trei zile după ce Robert trimise acel e-mail, primi un răspuns sec. „Nu am greșit nicio adresă. Nici orașul și nici firma. Dacă nu mă crezi, ne putem vedea la cafeneaua „Two Hills" care se află în spatele clădirii în care lucrezi. Spune ziua și ora. Eu sunt mult mai liberă decât tine. Era semnat la fel, „Visătoarea".

Robert simți că i se uscase gura după ce citi acest ultim e-mail. Nu știa ce să mai creadă.

Știa bine unde este acea cafenea. De multe ori se ducea pe acolo când dorea să fugă de la birou, dar nu avea destul timp. I se spunea „Two Hills", deoarece în mijlocul cafenelei erau un fel de piramide construite foarte ingenios din cărți. Două la număr. Era o plăcere să vezi acele movilițe. Îți dădeau o stare de liniște. Muzica din fundal era mereu și ea foarte potrivită.

O oră se gândi bărbatul și apoi dădu reply. Era clar că nu era soția lui. Scrise simplu: „Mâine, la ora 14:00." Nu se semnase. Așteaptă încordat o confirmare din partea Visătoarei, dar nu primi nimic. Plecă supărat acasă.

A doua zi veni la muncă fără chef. Își verifică din nou e-mailul, deși îl avea și pe telefonul de serviciu. Nimic! Cine știe ce țăcănit își bătea joc de el.

La ora 13:50 se îndreptă ușor spre cafenea. Nu avea mari speranțe. Își promisese că va sta jumătate de oră, iar, dacă nu va apărea nimeni, va pleca și nu-i va mai răspunde la niciun e-mail.

Ceru o apă minerală și deschise un ziar. Până să-și dea seama, la masa lui se așeză o femeie frumoasă, care avea în jur de 25 de ani.

— Robert, bănuiesc, spuse tânăra în timp ce-și fixa privirea asupra bărbatului. Îl privea de sus până jos de parcă voia să-i croiască din ochi un palton.

— De ce bănuiești asta?

— Pentru că ești singurul bărbat de aici la această oră și, pe lângă asta, pari un tip inteligent. Ai răspuns foarte interesant la acel e-mail. Eu sunt Alice.

– Bună, Alice. Îmi pare bine. De unde ne știm?

– Ăsta este un secret teribil. Ți-l voi dezvălui cândva.

– De ce nu acum?

– Trebuie să meriți înainte de toate.

Bărbatul simți că se excită la această remarcă. Ar fi vrut să-i demonstreze că merita. Și încă mult de tot...

Alice avea mai multe meserii, pe cât de imprecise, pe atât de creative. Studiase psihologia și, din ce povestea, nu prea avea de gând să practice această meserie.

– Crede-mă că este plictisitor să stai într-un birou închis cu o altă persoană și să-i asculți blazările și frustrările pe care le ai și tu, ca psiholog, dar sub o altă formă. Și atunci ar trebui să te erijezi ca fiind un salvator al sufletului acela împotmolit care vine să-ți ceară ajutorul. Pentru astfel de lucruri ar trebui să ceri și bani și mi-ar fi jenă s-o fac.

– Bine, dar de ce ai mai studiat?

– Doar pentru a înțelege anumite subtilități ale bărbaților. Raportul dintre sexe este pentru mine o enigmă. O apă în care nu se scufundă nimeni suficient de mult.

– Am înțeles, spuse Robert, încercând să arate prin acest răspuns banal cât de deschis este el în ceea ce privește viața și oamenii.

În timpul liber, Alice lucra ca model pentru o firmă care se ocupa cu vânzarea ochelarilor de soare și de vedere. Ochii ei verzi pe care-i rimela puternic aveau asupra bărbaților un efect afrodiziac. Ea se definea ca fiind o femeie care știe „cum să privească".

– Când te uiți în ochii unui bărbat, trebuie să ai și un gând fixat în minte. Mă crezi sau nu, bărbatul va percepe imaginea pe care o ai atunci în gând. Am testat asta de câteva ori.

– Cum ai făcut testele?

– Am făcut niște experimente și am rugat câțiva domni să noteze ce au simțit și ce au văzut.

– Mie mi-ar fi fost rușine, spuse Robert, tatonând terenul.

– Asta ar fi fost cea mai mică problemă, căci le-am spus de la început să noteze sub anonimat și să trimită la o adresă poștală toate răspunsurile.

– Crezi că au fost cinstiți?

– Ai fi rămas surprins dacă ai fi auzit ce au putut să scrie.

– Înseamnă că intenția inițială a fost în mintea ta.

– Am spus eu că nu, Robert? O spuse cu atâta sinceritate, de parcă îl hărțuia.

Ca să acopere timpul în care nu știa ce sa mai adauge, Robert o rugă să-i arate câteva poze cu prezentările ei.

Ceea ce îi arătă Alice, îl făcu pe Robert să respire greu, ca un om care suferă de astm.

– Reușite pozele, spuse el pe un ton neinteresant, de parcă femeia nu era conștientă de acest lucru.

Ce-l surprinse pe bărbat era faptul că, în pozele din reclamele ochelarilor, buzele cărnoase ale femeii erau parcă mai evidente decât ochii. În fiecare poză, culorile buzelor, ale fardurilor și ale ramelor ochelarilor erau diferite. Cu toate astea niciuna dintre imagini nu era mai neatractivă decât altele. Chipul acestei femei era construit parcă din fantasmele bărbaților. În timp ce el se uita peste poze și-și înghițea saliva cu zgomot, Alice adăugă.

– Important este să ai puțin simț artistic. Dacă știi să combini nuanțele care te avantajează, atunci poți să găsești definiția armoniei pe propriul chip.

Stând cu ea la masă și privind-o, Robert avu strania senzație că nu cunoscuse până atunci nicio altă femeie. Privirea ei îl făcea să se simtă ca un virgin în vârstă de 44 de ani. Ea îl fixă cu privirea și îi spuse pe un ton degajat:

– Știi la ce te gândești acum?

– Nu mă gândeam la nimic. De fapt, ba da. E cam ciudată vremea pentru perioada asta. Dimineața cald, după-amiaza frig și seara vine din nou căldura. De câteva zile tot…

– Te simți dintr-odată virgin la vârsta ta. Și asta te face să te simți un pic penibil. Nu mă minți, Robert.

Bărbatul se blocă. Stătea la masă cu o vrăjitoare și nu știa asta. Spuse vizibil încurcat:

– Mi-a trecut un pic prin minte. Un pic, să știi, dar…

– Vrei să afli și cu ce altceva mă mai ocup?

– Da, îi spuse el bucuros, sperând că-l va salva din ghea- rele acelor momente oribile.

– Miercurea și vinerea dimineața fac voluntariat pentru o asociație de copii orfani.

Robert începu să râdă zgomotos, de parcă auzise cea mai bună glumă din viața lui.

– Nu este o glumă. Chiar asta fac. Am și de acolo câteva poze, numai că sunt cam nemachiată.

– Îmi cer scuze. Nu am vrut să fiu nepoliticos. Mi s-a părut că pur și simplu nu ți se potrivește.

– Adică ți se pare că toate activitățile mele ar trebui să fie legate de senzualitate?

– Nu. Numai că…

– Asta este o altă lecție pe care am învățat-o din studiile psihologiei. Că de multe ori cei din jur îți agață de gât anumite etichete care nu te reprezintă în totalitate. Cu toate astea trebuie să trăiești cu povara lor.

– Îmi pare rău, nu am vrut să te fac să te simți...

– Robert, îi tăie explicațiile femeia, ca să fiu sinceră, faci parte dintr-un studiu. Vreau să scriu o lucrare. După umila mea părere, dacă sunt supuși anumitor stimuli exteriori, vizuali sau auditivi, bărbații acționează la fel. Lucrarea se numește „Toți bărbații sunt la fel?".

Bărbatul se simți fâstâcit.

– Să înțeleg că până acum toți au răspuns acelui e-mail?

– Unul singur nu a răspuns, spuse Alice și-și fixă lumina ochilor ei frumoși pe chipul bărbatului.

Robert devenise rușinat. De ce nu ar fi putut fi el acela?

– Înseamnă că era foarte stăpân pe propriile impulsuri, spuse el, privind în jos.

– Nu, Robert! S-a constatat că adresa lui de e-mail era greșită.

Bărbatul zâmbi. Era un bărbat normal, deci nu trebuia să-și facă probleme.

– De unde aveai adresa mea de e-mail?

– O să-ți spun după ce o să capăt încredere în tine. Nu pot să-ți divulg toate secretele mele.

– Promit că...

– Trebuie să plec, spuse Alice, uitându-se la ceas. Întinse bărbatului o carte de vizită pe care era numele ei asociat cu acea firmă de ochelari. Era PR. Uite numărul meu de telefon! Mi-ar plăcea să ne mai vedem.

– Ştii, eu sunt căsătorit.

Alice îl privi de parcă bărbatul tocmai i-ar fi spus că are acasă cuptor cu microunde. Nimic ieşit din comun pentru ea. Se aplecă peste masă şi-l sărută uşor pe obraz. Parfumul ei îl blocă pe bărbat în scaun. Era incapabil să se ridice.

– Aştept să mă suni, Robert, mai spuse încă o dată femeia. Scoase telefonul din geantă, făcu poze acelor moviliţe construite din cărţi şi ieşi.

– O să mai mă gândesc, spuse încet bărbatul. Atât de încet, încât nici lui nu i se păru că spusese ceva.

COPILĂRIA

Robert fusese crescut într-o familie pe care o crezuse ca fiind a lui. Mai avea doi fraţi mai mari. Pe când avea 12 ani, aceştia i-au spus într-o seară că el nu a fost şi nu va fi considerat niciodată fratele lor.

A dat fuga la tatăl lui şi i-a spus ce grozăvie a auzit de la fraţii lui. Tatăl l-a aşezat pe un scaun, i-a pus mâinile într-ale lui şi i-a spus că este înfiat. Avea doi ani când a fost adus în acea casă. Lucrurile acestea i le spunea evitând să-l privească pe băiat în ochii lui căprui. Robert nu a înţeles nici până acum, matur fiind, de ce tatăl lui adoptiv i-a spus toate acestea cu jenă, privindu-l mai jos de gât. Făcuse un gest foarte mare pentru el. Nu era nicio ruşine.

Ceilalţi fraţi i-au interzis să-i spună „Tată" bărbatului care-l creştea. I-au permis să-i spună „Unchiule". De atunci aşa a rămas. Mama lui adoptivă era nepăsătoare cu el. Dacă pe fraţii lui buni îi copleşea cu atenţie şi cadouri, Robert a cunoscut multe zile în care se culcase flămând.

Unchiul îl mai înţelegea şi îl mai sprijinea. Cu cât trecea timpul, cu atât se înteţeau şi mai tare discuţiile în casă, din cauza băiatului.

Indiferent ce ar fi făcut, îi deranja pe toți, mai puțin pe tatăl adoptiv. Bărbatul era slab și suferea mereu în timp ce mergea, din cauza reumatismului. Singurul care îl mai întreba de sănătate era Robert. „Te mai doare, unchiule?" i se adresa el când îl vedea cum oftează. „Mă descurc, băiete. Așa ne-a lăsat Dumnezeu, imperfecți." Spunea asta și îi ciufulea părul lui Robert cu mâna dreaptă. Îl iubea pe puști. Numai că nu prea mai avea multe de spus în casa aceea. Soției lui îi plăcea să dicteze, iar, pentru a avea liniște, bărbatul tăcea și-și căuta un colț în care să stea liniștit, așa cum procedează un câine pe care-l bați pe nedrept.

În lipsa unui nume potrivit, Robert i se adresa mamei lui adoptive cu apelativul „Tanti". Nu era ușor să renunțe în mintea lui de copil la ideea de tată și mamă. La școală, când toți copiii vorbeau de părinții lor, băiatul îi numea „unchiul și tanti". La început îl considerau un ciudat toți colegii lui, dar după un timp au început să-l accepte așa cum era. Poate că așa își porecla el părinții.

„Felul în care sunt tratat în acea casă, trebuie să recunosc, este urât" îi spunea Robert unui prieten de liceu, mai târziu.

„Dar măcar am un acoperiș deasupra capului."

Prietenul lui putea să se forțeze să nu vadă evidența clară că Robert era un copil chinuit. Însă evidența are o forță teri- bilă și iese întotdeauna la suprafața lucrurilor. Ca un adevăr care a fost demult ascuns.

După toate discuțiile pe care le avea acasă, în inima băiatului nu-și mai făcea loc decât o speranță posomorâtă, care parcă trăgea să moară în fiecare zi. Norocul a fost că prietenul lui a vorbit cu părinții săi și i-au oferit lui Robert o mansardă pe care o cumpăraseră într-un bloc cu patru etaje. Pe la vârsta de 18 ani băiatul s-a mutat acolo. Nu era o mansardă legal construită. Prietenul lui își ținea acolo diverse ciorcioboate. Și le-a adunat de acolo și i-a oferit lui Robert, cu dragă inimă, acel spațiu, până ce se mai aduna și el.

Pereții mohorâți și coșcoviți ai mansardei erau de un galben vulgar care sublinia mai degrabă sărăcia decât vreun soi de confort. Closetul era pe holul blocului. O anexă ca o magazie care funcționa la fel de ilegal. În mansardă exista o chiuvetă la care Robert se spăla așa cum putea. Mai turna apă într-un lighean sau uda un prosop și se freca cu el pe tot corpul. Un pat mic și o măsuță care nu era suficient de mare pentru a fi așezate două farfurii dintr-odată. Atunci când mânca, tânărul ținea coșul de pâine în poală. Cele două scaune care se regăseau în încăpere erau schilodite și, din când în când, le cădea spătarul sau câte un picior. Cu toate astea, el nu-și permitea să le înlocuiască.

Cele câteva haine, pe care le avea, stăteau agățate într-un umeraș deasupra mesei. Acestea prinseseră deja mirosul și aroma locuinței: igrasie și umezeală. Persista acel miros specific azilelor de săraci. Mizeria își făcea de cap, căci se regăsea din abundență prin toate cotloanele încăperii. Robert avea un sacou purtat de atâtea ori, încât culoarea acestuia devenise îndoielnică. Se părea că albastru fusese cândva nuanța sacoului.

Singura lui avere erau două geamantane din lemn primite de la unchiul lui. Bunul cel mai de preț pe care-l avea de la părinții lui biologici erau cei doi ochi căprui de care băiatul abuza. Îi folosea din plin pentru a-și plânge soarta.

De câte ori urca scările blocului spre mansardă sau le cobora, o făcea cu rușine. Ezita să se întâlnească față în față cu cineva. Dacă l-ar fi luat la întrebări? Ce ar fi putut spune? Locuia clandestin prin bunăvoința prietenului și a familiei acestuia.

Iernile se încălzea de la câteva țevi care îi străbăteau locuința prin pardoseală. Se ruga mereu ca vecinii să dea drumul la căldură, căci altfel țevile rămâneau reci. Chiar și când erau calde, nu putem să ne imaginăm că temperatura ar fi fost confortabilă. Robert se învelea cu o haină care era prea scurtă pentru întregul corp, iar picioarele îi rămâneau mereu pe dinafară. Chiar și acum, când avea suficienți bani și câteva plăpumi, nu putea adormi până nu scotea picioarele afară din ele. Cine spunea că sărăcia nu lasă urme și sechele în sufletele celor care au dansat cu ea?

Într-o zi, un grup de oameni au bătut la ușa mansardei în care locuia. Băiatul avea un radio la care mai asculta știrile.

L-a închis și, cu inima cât un purice, aștepta să vadă ce se întâmplă. Dacă intenționau să-l dea afară?

După câteva minute de insistență, au plecat. Robert nu avea

vizor, dar după voci păreau mai mulți. S-a uitat discret pe fereastră și a văzut doi bărbați care aveau diplomate și o femeie care îi însoțea. Femeia nota ceva într-un dosar în timp ce mergea. Băiatul s-a dus a doua zi pe la prietenul lui și i-a povestit întâmplarea. Se părea că veniseră cu recensământul. Umblau din oraș în oraș, din cartier în cartier. Din bloc în bloc și din casă în casă. A fost singura dată când cineva l-a deranjat. În rest, nimeni. Robert încerca să-și mențină prezența neobservată. A înțeles asta din prima zi în care prietenul lui i-a dat cheia:

„Ai grijă să nu te vadă prea mulți oameni. Și încearcă să nu aduci fete pe acolo, că ar putea trezi suspiciuni!"

Ce fete ar fi putut aduce în acea maghernița? Fetele îi aruncau ocheade pe stradă, căci Robert era un băiat chipeș, iar ochii lui parcă sfredeleau în sufletul celui sau celei care se afla în fața lui. Primăvara, vara și toamna, el nu prea stătea în mansardă. Se plimba prin mijlocul orașului, mirându-se de eleganța, relaxarea și norocul de care se bucurau unii oameni.

Trei ani a stat acolo. Își găsise cu greu un loc de muncă. O firmă care se ocupa de relocări. Era mult de tras, dar el nu se plângea. Pe lângă asta, era plătit destul de bine. Când și-a permis să se mute într-o garsonieră care arăta normal, deși se afla într-un cartier mărginaș, Robert i-a dat prietenului său cheile mansardei.

„Nu voi putea să-ți mulțumesc vreodată îndeajuns", îi spuse el.

„Stai liniștit. Sunt sigur că și tu ai fi făcut la fel dacă situația ar fi stat invers. E bine că pleci de acolo, că în ultimul timp ai mei primesc tot felul de adrese de la primărie legate de acea locuință. Nu are chiar toate aprobările necesare, iar de când cu recensământul au început să mai scormonească și ei."

Cu o ambiție pe care puțini oameni o cunosc, Robert a reușit să-și facă o viață frumoasă. A muncit mult și a studiat și mai mult. Altă șansă nu avea. Acum reușea să câștige binișor. Avea momente în care cheltuia banii pe lucruri lipsite de valoare doar pentru a uita că trăise în sărăcie.

●●●

În ziua în care Robert a împlinit 45 de ani, acționarul majoritar al agenției de publicitate a ținut să-i facă o petrecere chiar la biroul firmei. Tipul ăsta care urma să împlinească 60 de ani avea un geniu pentru business. Orice tip de afacere pe care o pornea, ajungea în scurt timp să fie profitabilă. Era un bărbat inteligent și foarte determinat.

Cu toate că așa ar fi trebuit să fie, petrecerea nu a fost o surpriză pentru Robert. Cu câteva zile înainte, acționarul a intrat în birou la el și i-a spus:

– Știu că în această vineri vei împlini o vârstă pentru care eu, sincer, te invidiez. Vineri, programul de muncă va fi până la ora 16. Apoi ar trebui să ciocnim un pahar împreună cu toți colegii.

A spus chestia asta, apoi a ieșit din încăpere.

Robert a înțeles că pentru orice vârstă poți fi invidiat de cineva. La 60 de ani ai putea fi privit cu invidie de un om care are 75. Și în acest fel nu ne bucurăm niciodată de vârstă pe care o avem. Cei mici se uită în sus și se viseață maturi, iar cei maturi își doresc vârsta la care nu știau ce înseamnă ridurile.

Până în ziua petrecerii lui, Robert vorbise cu Alice de trei ori. De două ori prin e-mailuri și o dată fiind față în față. A încercat printr-un e-mail stângaci să-i facă niște complimente fetei a doua zi după ce se întâlniseră. Mai spunea că este un bărbat norocos, știind că face parte din studiul ei de psihologie. A scris și câteva cuvinte despre faptul că el nu credea în noroc, ci în faptul că destinul și-a pus amprenta în această relație a lor pe care nu o putea defini cu exactitate, dar nu ar fi putut nici să-i nege existența.

A mai spus ceva despre buzele ei și despre faptul că visase în acea noapte că s-au întâlnit și că în acel vis exista o atracție între ei atât de puternică, încât o puteai vedea. Ca un abur care-i înconjura pe amândoi.

În final, i-a mai scris și că prezența ei l-a făcut să-și reconsidere prioritățile, căci frumusețea ei avea acest impact asupra lui.

Alice i-a răspuns un simplu „Mulțumesc!" la acel e-mail.

Bărbatul părea mulțumit chiar și cu atât.

În dimineața aceea, în care împlinise 45 de ani, se simțea bătrân. Avea impresia că în curând toată esența lui vitală îl va părăsi și el nu putea face nimic pentru a-i împiedica scurgerea. A intrat în clădire, cu un costum elegant și o cămașă mult mai scrobită decât de obicei. Cravata de mătase sublinia rafinamentul ținutei. Primii colegi care au dat ochii cu el i-au strâns mâna și i-au felicitat frumoasa vârstă.

El zâmbea forțat la toate acele urări. În luminile artificiale din clădire, în acel labirint de birouri și de fișete metalice care erau ticsite de dosare și contracte, Robert se simți dezgustător de singur. Un străin care, deși era înconjurat de oameni, trăia abandonat de propriul sine. Curând se făcu ora 16 și toți colegii dădură buzna în biroul lui. Fusese concentrat atât de mult asupra unui proiect, încât păru mirat de numărul mare de oameni care veniseră acolo. Uitase cu desăvârșire!

S-au deschis șampanii, s-au spus glume. Cei mai tineri îl ridiculizau pentru faptul că era bătrân, iar cei mai mari spuneau că și-ar fi schimbat locul oricând cu el. Totul era foarte bine organizat. Undeva, într-un colț al camerei, se instalase și un DJ care se puse pe treabă. Câteva piese din repertoriul internațional răsunau plăcut în boxele aduse acolo special pentru petrecerea lui. A dansat rând pe rând cu toate colegele lui. S-au spus și câteva chestii deocheate, fiind ajutați cu toții de aburii alcoolului.

În mijlocul petrecerii, acționarul a pășit în cameră. S-a uitat la fiecare dintre ei așa cum își privește un moșier domeniile. A ridicat un pahar de șampanie, a făcut semn discret DJ-ului să oprească muzica și a spus ferm, dar plin de cordialitate:

– Robert, nu este un secret pentru nimeni de aici că ai defectele tale. De multe ori nu ții cont de părerea nimănui. Te enervezi și vrei să abandonezi câte un proiect atunci când mai ai doar un pas pentru a-l finaliza. Dar calitățile tale sufocă într-un mod facil toate minusurile. Ești un perfecționist și, al naibii să fiu, dacă nu faci lucrurile așa cum trebuie. Nu ai liniște până nu-ți iese un proiect așa cum îți dorești. La fel eram și eu la vârsta ta, dar astăzi nu vorbim despre mine. Ca să nu mai întind vorba, această firmă nu ar fi crescut fără tine. Sincer, vreau să cred că nu greșesc dacă aș spune că toată lumea de aici te iubește. La mulți ani!

Aplauzele țâșniră din palmele colegilor, ca scânteile din artificii. Au trecut toți prin fața lui și au ciocnit încă o dată.

Acționarul și-a cerut scuze că trebuie să plece și le-a urat distracție plăcută.

Atmosfera devenea tot mai prietenoasă și pentru colegi, dar și pentru Robert. Văzând cum stăteau toți în jurul lui, începea să creadă că este cu adevărat o persoană importantă. Poate că acesta era scopul lui. Să facă publicitate pentru tot restul vieții sale. La ideea proastă a unui coleg, muzica se opri din nou și, în ovațiile celor din jur, bărbatul era împins să țină un discurs. Se sperie și încercă să dea înapoi, dar nu avea nicio șansă de scăpare. În spatele lui se forma un număr imens de brațe care-l determinau să înainteze spre un birou care fusese amenajat ca o mică scenă.

Un covor roșu fusese întins pe acesta, iar o veioză cu braț mobil aprinsă, astfel încât becul să lumineze în sus, spre figura celui care ar fi ținut cuvântarea. Sărbătoritul mai vorbise în fața colegilor de câteva ori, dar numai despre anumite proiecte care fuseseră studiate dinainte. Erau cuvinte tehnice adresate subordonaților. Acum era un discurs liber care ar fi trebuit spus din inimă. Se simțea jenat că toți se uitau spre el.

Ce mai șef era... Despre ce ar fi putut vorbi? Despre o tinerețe pe care a petrecut-o alergând din petrecere în petre- cere și din brațele unei femei în brațele alteia, sperând că își va găsi o liniște, dar care se pare că refuza să ajungă la el chiar și acum? Să le spună colegilor despre ce înseamnă să aduci valoare unui client atunci când apelează la tine? Ar fi fost plictisitor...

S-a suit pe birou, a tușit de câteva ori și a privit la mulțimea de colegi care erau cu ochii agățați de buzele lui. S-a așternut o liniște care devenea periculos de stânjenitoare dacă Robert nu ar fi început să vorbească.

– 45 de ani, spuse bărbatul și, în timp ce spunea câte un cuvânt, toate celelalte care trebuiau rostite se înghesuiau în mintea lui ca niște șiruri de numere prime care nu se puteau divide cu niciun alt număr....

– 45 de ani a trebuit să trăiesc pentru a putea prezenta în fața voastră un discurs impecabil. Fără cusur. Și totuși, în această seară, am impresia că ar fi trebuit să mai experimentez câte ceva pentru a reuși să vă captez atenția cu ceva interesant. Nu sunt orator, dar voi încerca să mă exprim așa cum pot eu mai bine. Văd în fața mea...

– La picioarele mele, se auzi o voce pițigăiată și apoi râsete.

Robert zâmbi și realiză că acea glumă fusese binevenită, căci el continuă cu mai mult aplomb.

– Văd în fața mea tineri care nu au mai mult de 30 de ani. Știu că își doresc o carieră. Își doresc să urce cât mai multe trepte sociale. Părerea mea este că aceste ambiții sunt lipsite de substanță, căci fiecare funcție cucerită va lăsa un gol și mai mare în suflet. Îți vei dori mereu mai mult. Nebunia asta nu se va opri niciodată...

Vei ajunge la 45 de ani, ca mine, un director care va spune altora că cea mai importantă este liniștea sufletească. Aceasta nu se obține cu ajutorul bătăliilor dintre tine și societate, ci cu sprijinul luptelor interne. Cândva, spuse el, privind în ochii celor prezenți, va veni o zi în care te vei întreba de ce nu ești fericit. Pentru mine, acea zi se apropie de sfârșit...

Spuse toate acestea ca un mare speaker. Ca un politician care își pronunța ultimele cuvinte înaintea alegerilor. Coborî de pe birou pe un scaun, apoi sări pe podea. Avea cămașa șifonată și scoasă din pantaloni. Mânecile îi erau suflecate. Privea în jos, de parcă urmărea o umbră care îi aparținea, dar care nu dorea să stea lângă el. Se pierdu printre colegi și ieși din birou. Un ropot de aplauze răsunară în urma lui.

Se duse la baie. Își umplu căușul palmelor cu apă și și-o aruncă pe față. Se privi în oglindă și începu să plângă încet.

„Unde mi s-au dus toți acești ani?" Scoase telefonul și o sună pe Alice.

– Nu aveai de unde să știi, dar azi am împlinit 45 de ani. Mi-ar plăcea să te văd în această seară. La un hotel. Toate acele aplauze și toate acele băuturi îl făceau pe Robert să spună lucrurilor pe nume. Nu mă judeca greșit, dar am nevoie de tine.

– Crezi că am avea ceva de câștigat din asta, Robert?

– Sincer, nu știu. Dar îmi stă mintea numai la tine.

– Ești sigur că asta vrei?

– Da, îi răspunse el repede.

– Cu tot ce înseamnă acest lucru?

Bărbatul nu înțelegea la ce se referea Alice, dar nici nu părea să-i pese.

– Vin în jumătate de oră să te iau cu un taxi. Am cam băut. Dă-mi, te rog, adresa ta pe telefon.

Apoi își sună soția. O rugă să nu-l aștepte, căci ieșea în oraș cu niște colegi și nu putea ști când se vor întoarce. Tonul rece pe care îl folosea, pentru a-și minți soția, îl surprinse și pe el. Nu obișnuia să facă asta.

– Dar aveam o surpriză pentru tine, îi spuse Tania.

– Promit că mâine seară voi veni mai devreme de la serviciu și vom petrece numai noi doi.

Ei nu prea îi conveni că Robert nu va fi cu ea de ziua lui, dar încuviință încet la telefon cu un „ok" lipsit de vlagă.

– Să fiți cuminți. Vezi să nu te iei după colegii ăia ai tăi afemeiați. Distracție frumoasă!

Robert își mușcă buzele de ciudă că uneori mai povestea acasă despre viața celor din birou. Uneori mai înflorea câte ceva despre ei pentru a da povestirii un iz interesant. Știa bine că soțiile țin minte cu ușurință aceste aspecte și pot cataloga oamenii imediat doar în funcție de ceea ce poves- tesc alții despre ei. Și totuși nu-și putea ține gura.

A închis telefonul. A mai băut un pahar de whisky, a strâns mâna celor care au mai rămas la petrecere și a inventat o scuză atât de puerilă, că nu și-a mai adus-o aminte vreodată. A urcat într-un taxi și s-a îndreptat spre casa lui Alice care locuia în partea opusă a orașului. În mașină se gândea că ceea ce făcea nu era corect, dar se liniștea singur, spunându-și că merita un cadou deosebit la cei 45 de ani.

A mai avut vreo două sau trei experiențe cu niște colege la petrecerile de Crăciun organizate de firmă. Acestea se țineau mereu în alte orașe. Se trezea băut în pat cu câte o femeie cu care lucra zilnic la birou sau vecine de la alte etaje ale clădirii care lucrau la alte firme. Se mai vedeau prin lift, se mai salutau, mai făceau câte o glumă care nu avea caracter de flirt. Ca să nu mai lungim vorba, se trezeau unul peste altul în câte o cameră. Robert nu-și aducea aminte să fi simțit vreo plăcere în astfel de momente. Făceau chestia asta de parcă intra în obligațiile lor de serviciu. Fiind judecate ca obligații, el nu se considera ca fiind infidel.

De data aceasta era altceva. Femeia asta trezea în el niște instincte, mai degrabă decât sentimente. Nu se gândise nici- odată să-și facă o amantă. Nu neapărat din respect față de Tania, ci mai mult din lene. Auzise în stânga și în dreapta pe la unii bărbați, care aveau amante, că petreceau mult timp cu acestea. Nu poți avea pretenția ca o femeie să rămână lângă tine dacă nu ești dispus să-i oferi măcar timpul liber pe care-l ai la dispoziție.

Concedii clandestine, delegații inventate și multe minciuni. Nu îi stăteau în fire chestiile astea. Mai trăia și cu teama că s-ar fi putut afla și l-ar fi arătat lumea cu degetul. Parcă și auzea de la cunoscuți „Cum ai ajuns să faci așa ceva, Robert? Noi te știam un bărbat cumsecade. Tania este o comoară. Îți dai seama cât de mult suferă acum soția ta? Sincer, nu o meriți. Nu ai meritat-o, de fapt, niciodată!"

Chiar așa. Ce-i lipsea lui Robert? Nici el nu știa. Știa doar că trebuie s-o atingă pe această femeie care-l pusese pe jar de când primise acel e-mail.

•••

Taxiul ajunse în fața imobilului în care locuia Alice. Șoferul, împreună cu Robert, o așteptau pe femeie să coboare. După câteva apeluri primite din partea bărbatului, ea coborî îmbrăcată lejer, în niște pantaloni negri foarte mulați. În picioare avea niște pantofi sport. O geacă de jeans albastră acoperea când și când un tricou alb. Geaca avea nasturii descheiați, iar la fiecare mișcare a corpului femeii se putea observa câte puțin din citatul inscripționat pe tricou.

Alice urcă în spate lângă Robert și îl pupă ușor pe obraz, lăsând în jurul ei o aromă de ambră. Avea părul strâns în coadă și era machiată discret. Mașina parcă se însufleți din momentul în care femeia urcă.

— Unde mergem, întrebă șoferul?

— La Hotel Imperial, spuse Robert și se uită la Alice pentru a-i cere o confirmare din privire. Femeia nu spuse nimic. Doar clipi din gene.

— La mulți ani! Dacă îmi spuneai din timp, poate că apucam să-ți iau un cadou.

— Nu ar fi fost necesar.

– Păi şi atunci cum o să-ţi aduci aminte de ziua ta?

– Găsim noi o soluţie, spuse Robert şi privirea lui coborî între coapsele provocatoare ale femeii.

– Şi sora mea a tot insistat că nu este frumos să mergi la ziua cuiva cu mâna goală.

– I-ai cerut părerea, să înţeleg?

– Nu neapărat. Locuim împreună. Este cu doi ani mai mare decât mine. Din când în când mai vine pe la ea iubitul ei. Nu-l suport deloc. Este foarte bădăran şi mai are şi obiceiul să-mi facă ochi dulci. Chiar de faţă cu sora mea. Ea râde. Pare că nu o deranjează.

„I-ar fi greu unui bărbat să stea lângă tine fără să-ţi facă un compliment" vru să-i spună bărbatul, dar se abţinu.

Rugă şoferul să dea ceva mai tare la muzică pentru a nu putea fi auziţi.

Apoi bărbatul parcă se transformă. Tot vocabularul pe care-l avea la dispoziţie era utilizat pentru a convinge femeia că nu avea nimic de pierdut dacă ar fi devenit iubita lui. Ba, din contră, ar avea multe de câştigat alături de un bărbat ca el care şi-a croit cu greu un drum prin viaţa asta plină de capricii. Desigur, nu-i fusese deloc uşor, dar învăţase să-şi ascută armele.

Toată acea experienţă pe care o avusese acum ceva ani ieşea din nou la iveală. Retrăia acea perioadă în care orice femeie îi părea o pradă care nu scăpa deloc uşor. Vorbele erau însoţite de emoţii şi de gesturi făcute cu mâinile pentru a-şi sublinia elocinţa. Alice nu mai avu timp să spună ceva. Era acaparată de pornirea bărbatului de lângă ea. Din când în când el o apuca de mână şi o strângea. Atunci parcă accentua şi mai tare cuvintele pe care le pronunţa, privind femeia în ochii ei verzi.

– Vezi tu, frumuseţea unei femei este un dar pentru toţi cei din jurul ei. Nu cred că ea ar trebui să fie egoistă dacă tot a primit-o. Uită-te câtă bucurie poate aduce unui bărbat ca mine simpla ta prezenţă. Cum te-ai fi simţit dacă m-ai fi refuzat în momentul în care te-am sunat de la birou?

– Poate că...

– Păi vezi? continuă Robert fără să-i pese ce avea de spus Alice. Tocmai din acest motiv ar fi trebuit să ne vedem. Dacă este corect raţionamentul meu, frumuseţea există pentru se bucura cineva de ea. Tu deja te bucuri prin faptul că o ai. Nu ar fi plăcerea de două ori mai mare dacă ai împărţi-o cu un bărbat ca mine? Frumuseţea nu ţi-ar scădea. Din contră, s-ar amplifica deoarece în momentul în care eşti admirată primeşti un gen de aplauze la nivel subtil şi acestea îţi vor creşte nivelul de încredere în tine, iar asta înseamnă...

Robert nu a mai apucat să termine ce avea de spus. Alice l-a luat de gât şi l-a sărutat. I-au plăcut mult vorbele pe care bărbatul încerca să le potrivească doar pentru a o cuceri. Îi plăcea asta la un bărbat. Să se zbată, să depună eforturi pentru a ajunge la ea. Cerceii mari pe care ea îi purta, îl gâdilau pe obraz pe bărbat. Când o strângea în braţe, îi simţea sânii cum îl atingeau şi asta îl făcea să înnebunească de dorinţă. Gura aceea pe care o admirase în poze cu câteva zile în urmă acum îi stătea la dispoziţie. El nu pierdea şansa care i se dăduse. O gusta, o muşca, o sorbea. Era greu să se oprească. Şoferul curios îşi îndrepta oglinda ca să vadă şi el scena.

Robert era hotărât ca acea noapte să devină unică şi irepetabilă. Îşi făcu acest hatâr de ziua lui. O ieşire din cotidianul care îl sugruma tot mai tare cu fiecare clipă. Ce nu ştia pe atunci era că păşea pe un teren periculos, căci Alice nu era genul de femeie care se mulţumeşte cu o singură aventură. Ei îi plăcea să vadă bărbaţii că-i imploră atingerea.

Îi cucerea şi apoi îi părăsea cu o frecvenţă demnă de toată invidia. Nu stătuse mai mult de cinci luni cu niciun bărbat. Era o cifră perfectă, spunea ea. Numărul cinci ar fi trebuit să-i poarte noroc. Îi spunea surorii ei că bărbaţii se plictisesc repede. Trebuie să le dai papucii înainte să ajungă ei să nu te mai dorească. Cei mai ghinionişti erau acel gen de afemeiaţi care-şi petreceau zilele şi nopţile prin cluburi şi localuri, umblând după carne proaspătă. Aceştia erau ţinte sigure pentru ea. Studiile de psihologie transformaseră persona- litatea ei într-o armă de temut. Exact când ei se pregăteau să se declare îndrăgostiţi până peste urechi de ea, Alice le pregătea o surpriză. Le spunea că este măritată sau că este bolnavă şi se va retrage undeva la ţară pentru a muri cu demnitate.

Alteori le făcea scene de gelozie care nu aveau, bineînțeles, nicio substanță reală.

Era îndeajuns ca bărbatul respectiv să spună ceva unei ospătărițe sau unei alte femei, că se dezlănțuia năpasta. Făcea niște scene de se uita la ei tot localul. Îi făcea cu ou și cu oțet, apoi părăsea localul în fugă, cu lacrimi în ochi și profund lezată. Toți ochii se îndreptau spre ghinionist. Blamarea și ura oamenilor de la mese căpătau accente tragice. Care dintre noi am putea acuza o femeie pe care o vedem că iese plângând dintr-un restaurant? Evident că bărbatul rămânea zăpăcit fără să înțeleagă ce se întâmpla de fapt. Se liniștea după câteva minute, achita nota de plată și pleca spășit cu ochii în podea.

Alice își nota într-un carnețel toate reacțiile bărbaților pe care-i întâlnise. Încerca mereu strategii noi. Unuia îi spusese că se culcase cu prietenul lui cel mai bun și, fiind o femeie sinceră, nu ar fi putut să-l mintă. Pentru ca sinceritatea să capete accente grave recunoștea că prietenul era mult mai bine dotat. Privea în ochii bărbatului în timp ce-i spunea asta și îl vedea cum se topea ca o lumânare care deja devenise prea scurtă pentru paharul în care fusese așezată. Ce se întâmpla în urma ei nu o interesa. Faptul că stârnea scandaluri sau distrugea o familie sau o prietenie de-o viață erau doar simple răzbunări pe întreaga specie masculină.

Tatăl ei fusese un afemeiat prin definiție. Nu trecea pe acasă zile întregi, iar mama ei suferise ca un câine bătut și aruncat afară în ploaie. Nu a avut niciodată curajul să divorțeze. Acum era vremea răzbunării. Natura îi dăruise lui Alice toate bunătățile pe care le vor bărbații atunci când se gândesc la o femeie. Numai că răzbunarea nu se făcea împotriva tatălui ei. El era bătrân acum. Fulgerele cădeau pe toți ceilalți bărbați care își doreau să o cunoască „mai bine". Și nu erau puțini la număr.

Avea de gând să aducă la suferință un număr de 33 de bărbați până va fi împlinit 30 de ani. Acum ajunsese la numărul 17. Credea că acel număr 33 era suficient pentru a spăla păcatele tatălui său. Asta nu însemna că ea se culca cu toți. Doar cu cei care-i plăceau. Pe restul adora să-i facă să sufere. Nu însemna că, dacă ieșea cu un bărbat într-o seară, nu putea ieși cu un altul a doua zi. Termenul de cinci luni era unul maxim acceptat pentru un singur bărbat.

Devenise exact ca acei afemeiați pe care îi ura de moarte.
Poligamă în serie.

•••

Robert plăti taximetristului, iar acesta îi măsură din cap până în
picioare cu o privire tristă. Tot spectacolul lui se dusese pe apa
Sâmbetei. Și-ar fi dorit să fie cursa mai lungă și să-i privească pe
acei străini cum se atingeau. Îl excita o astfel de imagine. Nici
banii nu ar fi vrut să-i ia. Le-ar fi dat el bani dacă l-ar fi lăsat să-i
privească în continuare.

Șoferul era un tip anost care nu avusese deloc succes la femei.
Împlinea 53 de ani în curând și nu știa cum să procedeze ca să
păstreze o femeie lângă el. Asta îi plăcea la meseria lui, că vedea
fel și fel de oameni. Porni mașina și plecă fără mare tragere de
inimă. Privi cuplul în oglindă până ce dispăru în hotel.

Robert întinse actul de identitate recepționerului și ezită să-l
privească pe acesta în ochi. Ceru o cameră cu pat matrimonial.

– Pentru câte nopți? întrebă pe un ton de glumă angajatul
hotelului.

– O noapte, spuse bărbatul. Normal că o noapte, căci tot
bagajul lor era format din poșeta minusculă a femeii.

Recepționerul îi făcu semn din cap bărbatului să vină mai
aproape și îi spuse încet:

– Dacă doriți, puteți lua o cameră pentru câteva ore. Eu sunt
până dimineață. Este tura mea și nu este nicio problemă. Ne
înțelegem, spuse el și-și frecă degetul mare al mâinii drepte de
arătător în semn de ceva bani câștigați ușor.

– Nu, nu sunt de acord cu așa ceva, spuse Robert pe un ton
grav.

– Foarte bine, domnule, afișă un zâmbet prefăcut recepționerul.
Semnați aici.

Bărbatul se conformă și primi cheia pe care o înhăță cu mare
viteză. Camera 234. Robert se gândi cât de ciudată e chestia asta în
hoteluri. Să pui numere cât mai mari ca să pară camere mai multe.

– Lifturile sunt în stânga în capăt, se auzi vocea
recepționerului. Trebuie să apăsați pe butonul cu numărul trei
pentru a ajunge la etajul doi, căci avem și mezanin.

Robert nu a înțeles exact ce a vrut omul să-i spună și nici că și-a bătut capul. O luă de mână pe Alice care între timp își găsise de lucru în lobby. Citea niște reviste cu evenimentele de maxim interes ale orașului.

Ajunseră la lift. Când acesta se deschise, ei rămaseră surprinși. Toată cabina liftului era plină de oglinzi. Efectul era foarte interesant. Robert apăsă pe butonul cu numărul trei.

– La trei mergem? întrebă Alice.

– Nu, la doi.

– Ai apăsat pe trei.

– Nu contează. Trei e doi. Mi-a spus băiatul de jos.

Alice îl privea cu dorință. Robert era un bărbat bine. Nu-i dădeai 45 de ani. Ar fi vrut ca el s-o sărute acolo în lift. A văzut asta de multe ori în filme. Ea nu trăise așa ceva, deși avusese destui iubiți. Parcă niciunul nu avea în cap asta. I-ar fi plăcut chiar să și facă dragoste în lift, dar era riscant. Și dacă ar fi urcat până la etajul opt, se gândea ea, ar fi existat posibilitatea ca cineva să cheme liftul la un alt etaj. Ar fi fost penibil.

Pe de altă parte, Robert ar fi vrut să o ia în brațe și să o sărute, dar parcă îl ținea ceva. Deși Alice îl privea cu o clară acceptare, el rămase priponit în fața femeii ca un cal care așteaptă să i se schimbe potcoavele. Era clar. Își ieșise din mână în ceea ce privea femeile. Până să se dezmeticească, ușa liftului se deschise. Au ieșit și au început să caute camera

234. S-au luat după săgeți și s-au pierdut prin holurile lungi peste care tronau covoare pufoase și galbene.

Înainte să ajungă în cameră, Alice chicoti și îi puse mâna pe fund lui Robert. Gestul acesta îi dădu curaj bărbatului. O trase spre el și începu s-o sărute. Alice își deschise gura și primi bucuroasă limba bărbatului care voia să exploreze cât mai mult. Saliva celor doi amanți fu o dovadă în plus că cei doi se doreau. Fără să se dezlipească de gura ei, Robert bâjbâi cheia în broasca ușii. Ușa se deschise, iar el o împinse pe femeie în cameră. Cu o mână o ținea de șold, iar cu cealaltă își făcu loc pe sub tricoul femeii și cu o dexteritate care îi era cândva cunoscută, îi ridică sutienul și începu să-i ciupească ușor sfârcurile întărite. Cu piciorul împinse ușa. Bărbatul nu mai avu răbdare. O întoarse pe Alice cu spatele și îi trase pantalonii în vine. Îi dădu la o parte chiloţii care nu erau mai mari decât o ştampilă şi o pătrunse, nu înainte de a-şi pune un prezervativ. Femeia gemea de plăcere. Robert o trăgea de păr şi o muşca de ceafă, înnebunit de voluptate. Cu cealaltă mână se juca în continuare cu sânii fermi şi plini ai femeii. Ea îşi întinse mâinile spre perete şi începu să se împingă frenetic în Robert, convulsionată de plăcere.

– Nu te opri, te rog, strigă cu un sunet gutural femeia. Dacă nu i-ar fi spus asta, poate că mai rezista un pic.

Vocea ei însă îl excită şi mai tare şi bărbatul explodă într-un strigăt animalic care-l miră mai mult pe el decât pe ea.

– Îmi cer scuze, Alice, spuse el ruşinat. Eram foarte excitat.

– Nu-i nimic, îi spuse, râzând ea. Doar nu o să pleci acum. Îi plăcea când era dorită aşa tare.

Se auzeau nişte râsete pe holul hotelului. Erau vocile unui grup de tineri. Unul din ei imita sunetul pe care-l scosese bărbatul în timpul orgasmului.

– Cred că ai lăsat uşa deschisă, îi spuse, veselă Alice.

Verifică şi, într-adevăr, uşa era întredeschisă. Până la urmă nu trebuia să le fie ruşine de ceea ce mai devreme sau mai târziu toţi iubiţii experimentează.

S-au dezbrăcat şi au intrat la duş. Robert rămase fermecat de armonia corpului acelei femei pe care acum îl săpunea şi îl săruta. Îl acoperea cu acei clăbuci parfumaţi ce se jucau pe suprafaţa pielii ei ca nişte patinatori experimentaţi care fac diverse mişcări pline de pasiune pe luciul unui lac îngheţat. Apoi spăla corpul acela frumos cu un jet de apă. Îl săruta şi iar îl clăbucea. Era fascinat de câtă bucurie îi putea oferi atunci când îl privea.

Au făcut din nou dragoste. Robert se simţea fără apărare împotriva pasiunii pe care o simţea pentru acea femeie. Dorinţa nu-i scăzuse, însă de această dată a fost mai calm. A făcut tot posibilul să-i ofere şi amantei aceeaşi plăcere pe care el o cunoscuse mai devreme. Acesta este secretul iubiţilor. Puterea de a reuşi să-şi ofere unul altuia o bucurie la fel de împlinitoare. Ştia că egoismul în amor nu duce la nimic bun.

Îi era teamă să nu se facă iar de ruşine, căci ar fi pierdut şansa de a păstra o femeie ca Alice. Și-a adus aminte de o tehnică pe care o folosea atunci când era un tânăr libertin și când uita de multe ori numele iubitelor pe care le cucerea. Număra în gând până la șaptezeci și apoi schimba poziția de amor. În felul ăsta reușea să-și păstreze vigoarea cât mai mult timp posibil. Femeia era plină de vitalitate, căci vârsta era de partea ei. Singura lui armă era experiența.

Când simțea că totul devenea prea mecanic, își privea iubita cum se arcuia de plăcere și, dintr-odată, o energie proaspătă îl ajuta să devină amantul care a fost cândva. Avea nevoie să păstreze o conexiune permanentă cu trupul și cu inima femeii care se zvârcolea sub el pe cearșafurile albe, ce se strângeau sub ei ca niște frânghii. Robert câștiga teren prin metodă. Alice înainta prin naturalețe. Ea nu făcea niciun efort. Se lăsa pur și simplu iubită, iar acest abandon, această relaxare, năștea adevărate furtuni în sângele bărbatului. Robert respira calm și conștient, număra din nou până la șaptezeci și înainta pe calea amorului împreună cu femeia care-l făcea să-și piardă rațiunea.

Bărbatul făcea tot posibilul să iasă din propria cochilie și să se ridice spre zone mai înalte de conștiință. Numai așa putea scăpa de simțurile grosiere care îl făceau să se gândească doar la propria lui plăcere. Acolo sus aerul era mai fin și dorea să-l inspire numai alături de Alice.

Clipa mult așteptată sosi, într-un sfârșit. Femeia își înfipse unghiile în umerii bărbatului și, tremurând cu întreaga ființă, atinse culmea voluptății printr-un geamăt care-l făcu pe Robert să se simtă din nou bărbatul pe care-l credea uitat deja.

Alice îl împinse ușor printr-un semn că nu mai vrea să fie atinsă și vrea doar să se liniștească. El o luă în brațe și cu degetele continuă să-i atingă pielea fierbinte. Cu ochii închiși, femeia se bucura de acea senzație delicioasă pe care o trăia încă. Gângurea de plăcere în brațele lui. Într-un târziu, îi spuse ușor, sleită de puteri:

– Să nu ți-o iei în cap, dar nu am mai avut un așa orgasm de trei ani.

Lui Robert i-ar fi plăcut să audă că femeia nu mai cunos- cuse așa ceva niciodată. Înseamnă că în urmă cu trei ani avusese un iubit pe care Alice nu-l mai vedea acum, probabil. Asta însemnă că cei doi s-ar putea revedea oricând și atunci el nu ar mai avea ce să caute în viața lui Alice. Ar fi fost penibil să ceară detalii femeii despre acest aspect. Se gândi că era oricum o idee stupidă de la bun început. O sărută ușor pe sâni și plecă la baie.

În oglindă observă urmele lăsate pe umerii lui de unghiile amantei. Nu-i plăcu deloc acest lucru. Chestia asta nu putea decât să îl oblige să stea îmbrăcat o bună perioadă de timp lângă soția lui.

Când se întoarse, văzu că Alice avea pe ea doar tricoul. Fiind mai lung, nu se putea observa dacă femeia purta și chiloții aceia minusculi.

Corpul ei exprima atât de multă armonie în acea cameră obscură, de parcă ai fi zis că un trandafir a înflorit în mijlocul unui deșert.

– Vreau și eu la baie, Robert. Dar înainte de asta voiam să te întreb ceva.

O pupă ușor pe obraz.

– Orice.

– Am observat această piatră ciudată. Ce este cu ea?

Bărbatul avea obiceiul să-și scoată din buzunare tot ce avea înainte de a se dezbrăca. Piatra albă pe care o păstra mereu la el nu făcea excepție de la acest obicei.

– E o poveste mai lungă.

– Cu atât mai interesant.

Bărbatul a început să-i explice istoria acelei pietre.

•••

– În urmă cu trei ani am fost în concediu în Thassos. A fost o săptămână întreagă în care m-am bucurat de soare și liniște. Am citit mult și am avut timp să mă gândesc puțin la viața mea.

Parcă până atunci făcusem lucrurile din pură inerție. Nu pot spune că eram nemulțumit de munca mea sau de familia mea, dar uneori începi să-ți pui întrebarea dacă drumul pe care mergi este cel mai bun pentru tine. Devoram pe plajă câte o carte la două zile.

Înotam şi mă bronzam. Fiecare din rândurile pe care le citeam mă făceau să mă identific cu o anumită parte din mine sau cu o anumită experienţă prin care trecusem.

Am trăit nişte stări interesante. Privit din exterior, părea că nu fac nimic, întins acolo pe şezlong cât era ziua de lungă, însă în mine era o adevărată activitate. Un şuvoi de gânduri încercau să-şi găsească drumul spre inima mea. Era ca şi când până acum nu le dădusem voie să ajungă acolo. Când eram la birou şi munceam, nu aveam timp şi liniştea pentru aceste meditaţii interioare, iar când eram pe insulă nu mă gândeam la muncă. De parcă întreaga mea energie nu se mai canaliza dintr-odată spre exterior, ci stătea cu mine. Mă îmbogăţea. Mă făcea atent la lucruri de a căror existenţă nu ştiusem până atunci.

Într-o zi, un bărbat de vreo 60 de ani s-a apropiat de şezlongul meu şi mi-a spus în engleză:

– Tu cauţi răspunsuri. Să nu minţi un bătrân vânzător că nu este aşa.

M-am uitat la el. Purta un şort roşu care era decolorat de soare. Bustul lui era gol, iar pe cap purta o pălărie de soare.

L-am întrebat dacă pot să-l ajut cu ceva. Mi-a răspuns că el are de vânzare talismane care schimbă viaţa celor ca mine. Evident că nu am fost interesat. I-am spus să plece.

El a continuat:

– Talismanele sunt de fapt nişte pietre obişnuite, iar puterea lor nu constă în materialul din care sunt făcute, ci în raritatea formelor acestora. Uneori, lucrurile foarte banale ne pot schimba destinele. Dacă nu crezi că este aşa, eu voi pleca.

– Aveţi dreptate, am bâiguit.

Soţia mea se uita la noi fără să înţeleagă ce se întâmpla de fapt şi ce aveam eu de împărţit cu acel bătrân. Avea figura unui maestru taoist. O barbă albă, care-i acoperea întregul gât, îi oferea o frumuseţe aparte. Ochii lui erau de un bleu atât de deschis, încât păreau albi. Parcă era un înţelept venit să ne arate drumul tuturor celor rătăciţi în această lume.

– Nu-ţi cer decât să te uiţi la aceste pietre, spuse înţeleptul şi scoase din buzunar vreo 10 pietre albe de mărimea unor nasturi. Le-a aşezat pe măsuţa de plastic galbenă pe care aveam o sticlă de bere din care băusem jumătate.

Am luat repede sticla și am încercat s-o ascund, de parcă un sfânt stătea lângă mine, iar eu încercam să-mi acopăr păcatele. Nici acum nu înțeleg de ce avea efectul acesta asupra mea.

M-am uitat la pietre. Păreau că sunt din marmură, însă m-a făcut să tresar aspectul lor neobișnuit. Una avea parcă un chip de femeie, alta imaginea unui copil râzând. Mai era una ce reprezenta o palmă. L-am întrebat dacă erau sculptate.

– Nu, domnule. Așa le-am găsit. Nu face minuni această natură? Caut de dimineață până seara printre pietrele de pe plajă aceste perfecțiuni. Aceste semne trimise de Dumnezeu. Nu-i așa că sunt încântătoare?

Ochii mi s-au oprit la piatra în formă de inimă. Era într-adevăr unică și fascinantă.

– Vă place aceea? Puteți s-o luați, spuse înțeleptul.

Am luat piatra și până s-o bag în buzunar, bărbatul plecase. M-am dus după el și l-am întrebat cât mă costă?

– Nu costă nimic talismanul. Dacă doriți să-mi dați ceva pentru eforturile mele, asta este altă poveste.

M-am întors la soția mea. Am luat de la ea din poșetă o bancnotă de 20 de EUR și i-am dat-o bătrânului.

– Este prea mult, domnule.

După multe insistențe a luat banii și și-a văzut de drum. L-am văzut în depărtare cum scormonea din mers, cu un băț, pietrișul plajei. Ochii lui deschiși la culoare căutau acele pietre perfecte pe care le dădea turiștilor ca talismane.

•••

Bărbatul privi acel mic obiect și continuă:

– Piatra aceasta devenise în timp parte din viața mea. Se spune că, dacă porți asupra ta un obiect, suficient de mult, acesta se va încărca într-un mod subtil cu o energie care este asemănătoare cu cea a purtătorului.

Conform anumitor filosofii orientale, obiectul te va proteja de anumite probleme care se ivesc în viața ta, deoarece el va putea restabili echilibrul tău emoțional atunci când este necesar.

Totodată vei începe să ai mai multă încredere în faptul că se pot întâmpla lucruri miraculoase în viața ta. Vezi tu, atunci când îți pui speranță în oameni, de cele mai multe ori sfârșești prin a rămâne dezamăgit, căci oamenii au un mod ciudat de a se comporta. Ei stau lângă tine când ești bine și când ai putere și dispar din viața ta atunci când te clatini și ai nevoie de un umăr pe care să te sprijini.

– Și te-a salvat de vreo chestie neplăcută? întrebă Alice.

– O să-ți dau vreo două exemple. În primul rând, imediat ce m-am întors din concediu, în prima săptămână, acționarul firmei la care lucrez m-a avansat pe postul de director.

– Poate că s-ar fi întâmplat asta și dacă nu aveai acea piatră.

– Ai dreptate. Eu nu încerc să te conving. Îți explic doar ce anume cred eu. În al doilea rând, am avut un conflict cu unul din colegi. Era ceva legat de natura profesională a meseriei. Se pare că nu puteam ajunge la niciun compromis. Trecuseră câteva săptămâni, iar situația tensionantă dintre noi deja îi deranja și pe ceilalți. Într-una din zile, a intrat la mine în birou pregătit pentru a nu știu câta oară de harță. Eu aveam piatra pe birou. Când a văzut-o, s-a apropiat de ea. M-a întrebat fascinat dacă poate s-o atingă. Am fost de acord. În timp ce o plimba prin palmă, o liniște vizibilă se așternu pe chipul colegului meu.

„Nu înțeleg de ce ne certăm ca proștii, Robert", îmi spuse și ieși din birou, dar nu înainte de a așeza piatra pe birou de unde o luase. De atunci nu am mai amintit niciunul de acea tensiune care se formase între noi. Cred că erau mai degrabă niște orgolii decât o problemă efectivă.

– Interesant, spuse Alice. Poate îmi dai și mie cândva piatra asta, căci am niște probleme personale de rezolvat.

– Mi-e teamă că nu te-ar ajuta prea mult. Această piatră are un caracter individual în ceea ce mă privește. Va trebui să-ți găsești propria ta piatră.

Femeia a strâmbat puțin din nas. Nu prea i-a convenit răspunsul.

A luat piatra în formă de inimă și a ținut-o în căușul palmei drepte.

– Chiar că simt că mă liniștește, spuse ea.

– Probabil ți se pare, interveni Robert. Întinse mâna și luă piatra din palma amantei. O frecă uşor între degete, de parcă era lampa lui Aladin, apoi o băgă în buzunar.

Văzându-l cât de hotărât a luat-o, Alice şi-a dat seama că acea piatră este şi va fi mai importantă decât ea, indiferent cât de cochetă s-ar face în faţa acestui bărbat.

Femeia l-a ascultat cu atenţie pe Robert de parcă trăise ea însăşi acea poveste cu bătrânul înţelept. S-a întins în pat lângă bărbat. Apoi făcură dragoste încă o dată. De data asta mai calmi şi mai controlaţi. După 20 de minute, bărbatul îşi dori să pună capăt acestei seri.

– Vrei să te duc acasă? întrebă Robert, iar vocea lui suna ca un al doilea refuz pe care femeia trebuia să-l accepte. Primul era accesul la piatra lui, iar acum accesul la întregul timp liber al bărbatului. Era însurat şi ea nu avea decât să accepte acest lucru.

– Da. Este deja 2 noaptea. Mă gândeam că nu mă mai întrebi, continuă şi ea în aceeaşi notă doar pentru a nu-şi trăda acea pornire de control asupra vieţii amantului. Avea să-i plătească mai târziu această lipsă de maniere. Se simţi folosită.

Cu un alt taxi, bărbatul şi-a condus amanta. S-au sărutat scurt şi şi-au spus „La revedere". Nu au planuit nimic, ca şi când tot ce ar fi trebuit să se întâmple s-a întâmplat deja. Erau sleiţi.

Robert a închis ochii pe bancheta din spate a taxiului şi a dictat şoferului adresa lui de acasă. Era ciudat că nu simţea nimic. Nici regret, nici fericire. Doar oboseală. A intrat încet în apartament. Tania dormea. Pe masă era un mic pachet legat cu o fundă. L-a desfăcut cu grijă. Era o poză cu ei doi din prima săptămână în care s-au cunoscut. Tania avea în mână un beţişor încărcat cu un sul mare cu vată de zahăr şi Robert avea pe cap o pălărie caraghioasă pe care scria: „Cel mai norocos bărbat". Şi-a adus aminte de acea zi. Ieşiseră să se plimbe şi au rugat o doamnă să le facă o poză. Erau la un bâlci. Se distraseră cu adevărat. Privi poza în care chipurile lor erau mult mai tinere.

Pe spatele pozei erau scrise câteva cuvinte: „La mulţi ani! Îţi mulţumesc că m-ai ţinut de mână atunci când mă simţeam rătăcită prin această lume rece. Meriţi tot ce e mai bun. Te iubesc! "

•••

La câteva zile de la întâlnirea din hotel, Robert se trezi că primi în cutia poștală un sondaj de opinie despre cazarea din acea noapte.

„Ce anume v-a plăcut?", „Ce v-a displăcut?", „Ați fost mulțumit de noile saltele cu memorie pe care conducerea le-a achiziționat?"

Bărbatul simțea că înnebunea de furie. Noroc că doar el avea cheia de la cutia poștală. Bine, asta era o întâmplare.

Nu o ținea la el doar că se aștepta la ceva anume. Chiar îl atenționase Tania cu o seară înainte că este ceva în cutia poștală.

Sună la recepție și, cu o voce tremurândă de indignare, spuse:

— Vreau să vorbesc cu managerul hotelului.

— În ce problemă? întrebă, fără chef, cel de la capătul firului.

— Am fost acum câteva nopți la voi și acum m-am trezit în cutia poștală cu un rahat de sondaj de opinie. Cum dracu o să-i explic eu soției mele mizeria asta?

— Ne pare rău pentru neplăcerile cauzate, dar înseamnă ca v-ați dat acordul pentru acest lucru.

— Nu mi-am dat niciun acord, urlă Robert.

— Nu se poate. Spuneți-mi numele.

Bărbatul își spuse numele complet pe silabe pentru a fi înțeles de indolentul de la hotel.

— O secundă, vă rog... Da, se pare că v-am găsit fișa. În josul foii era o întrebare clară: „Sunteți de acord ca datele dumneavoastră să intre în baza noastră de date, pentru efectuarea unor sondaje de opinie?"

— Probabil că este scris foarte mic, domnule, spuse Robert. Asta nu vă dă permisiunea să...

— Stimate domn, dacă nu ar fi fost scris mărunt, ar fi trebuit să completați trei foi și asta ar fi descurajat orice client. Nu credeți?

Recepționerul se juca cu nervii lui. Poate că era chiar filfizonul care îi ceruse niște bani nejustificați pentru câteva ore de cazare neoficială. Dacă a fost bățos și l-a refuzat categoric, acum suporta consecințele.

— Întâmplător m-ați cazat dumneavoastră? întrebă pe o voce vădit disimulată Robert.

– O clipă, să mă uit, domnule. Desigur, eu am făcut-o. Dacă nu mă înşel, aţi venit însoţit de o domnişoară care era îmbrăcată în...

– Să trecem peste detalii, interveni Robert. Aş dori să nu mai primesc nimic legat de faptul că am fost acolo. Nici pe telefon, nici pe e-mail şi nici în cutia poştală. Şi nici măcar nu vreau să-mi daţi vreun pliant dacă voi trece întâmplător pe lângă hotelul vostru. M-aţi înţeles? Ultimele cuvinte ale bărbatului nu erau spuse, ci strigate.

– Foarte bine, domnule. Ar trebui să-mi confirmaţi CNP-ul.

Robert îl spuse rar şi tare.

– Este în regulă, să ştiţi. Vă doresc o zi bună. Şi să ştiţi că, dacă doriţi să vă cazaţi doar câteva ore, fără să completaţi oficial toate aceste date, vă aştept cu drag. Ne înţelegem. Întrebaţi de Marcus.

– Nu cred că mă interesează. Mulţumesc frumos! La revedere.

„Dracu' să vă ia cu hotelul vostru cu tot" urlă Robert, scos din minţi, după ce închise telefonul.

În ce lume trăim, se gândi el. Nu mai poţi nici să faci dragoste fără sa te întrebe cineva cum te-ai simţit sau dacă ai avut orgasm. Poate că a fost şi filmat şi va apărea pe cine ştie ce site-uri dubioase.

Luă sondajul şi-l rupse în bucăţi mici de tot. Îl băgă în geanta de laptop cu gândul să le arunce la coş la muncă.

Se luă cu treabă şi uită de sondaj. Ajunse seara acasă cu el înapoi în geantă. Îşi aduse aminte de el atunci când îl întrebă Tania:

– Ce era în cutia poştală, Robert?

El tresări de parcă uitase să-şi ia antibioticele.

– O făbricuţă de mobilă îşi făcea reclamă. M-au înnebunit cu pliantele astea.

– Nu fi răutăcios. Sunt colegii tăi de breaslă. Vreau şi eu pliantul. Mă tot uit de o măsuţă de cafea de ceva timp şi niciuna nu-mi place.

– L-am aruncat, spuse bărbatul cu sânge rece.

– Aşa faci mereu. Numai ce te interesează pe tine păstrezi, îi spuse soţia. Hai la masă!

•••

Robert se vedea o dată pe săptămână cu Alice. Îşi dădea seama că nu prea avea nimic în comun cu acea femeie, dar pasiunea pe care o stârnea în el îl domina. Era slab din punctul ăsta de vedere. Avansa tot mai mult pe un drum periculos. Începuse să-i cumpere femeii tot felul de parfumuri şi cadouri la care ea doar strâmba din nas. Era obişnuită cu atenţiile din partea bărbaţilor. El nu ştia acest lucru.

Trecuseră două luni de la prima întâlnire a lor în acel hotel. Într-o seară, soţia lui a deschis un subiect delicat.

– Robert, ce s-a întâmplat cu noi? Unde a dispărut pasiunea cu care mă priveai?

– Nu ştiu despre ce vorbeşti, Tania.

– Până acum câteva luni, de fiecare dată făceam duş împreună. De ceva timp facem duş separat şi înainte şi după ce facem dragoste. Dacă este ceva de care ar trebui să ştiu, te ascult. Suntem persoane mature.

Bărbatul avea tot timpul o teamă de care nu putea scăpa. Dacă amanta îi lăsase cumva vreun semn pe o parte a corpului pe care el nu o putea observa în oglindă? Soţiei lui îi plăcea să-l pigulească şi să-l caute de orice formă de imperfecţiune a pielii. Îl purica ca pe o maimuţă domestică. Îi împărţea corpul pe bucăţi şi pentru fiecare dintre acestea îi pregătea diverse tipuri de creme care ar fi trebuit să menţină pielea neschimbată în lupta contra timpului.

Îşi săpunea soţul cu tot felul de geluri care miroseau tot mai delicat. Apoi, după toată această desfătare, îl ştergea cu prosopul şi îi analiza din nou pielea. Îi număra firele albe de pe piept şi cele de pe cap.

Era clar că cele mai mici zgârieturi sau muşcături nu ar fi trecut neobservate în faţa privirii soţiei.

Nervos că nu ştia ce să spună într-o astfel de situaţie, Robert începu şarada:

– Vrei adevărul?

– Da, asta vreau să aflu.

– Crezi că l-ai putea suporta?

Femeia aştepta în continuare cu o privire care-ţi cere să continui un dialog pe care l-ai stârnit. Mitocanul din el ieși la suprafață.

– Te-ai gândit că stau până la 9 seara la muncă și mă spetesc doar ca să te protejez și să duci o viață lipsită de griji? Stai toată ziua cu rahaturile alea de cartoane și pânze și te ocupi de ele de parcă ai fi descoperit formula levitației. Nu vezi că sunt inutile? Oamenii mai trăiesc și în realitate, nu în povești.

După ce spuse toate astea, Robert strânse ochii. Și-ar fi dorit să retragă toate acele cuvinte. Nu-i stătea în caracter s-o jignească. Era prima dată când folosea serviciul ca pe o armă. Proceda ipocrit, așa cum o facem cu toții. Rănim cel mai tare exact persoanele care ne iubesc cu adevărat.

– Îmi pare sincer rău. Nu am vrut să…

– Te rog să mă lași singură, îi spuse cu lacrimi în ochi Tania. Își acoperi fața cu palmele și în acele palme începu să ascundă o suferință atât de mare, încât dacă ar fi simțit și Robert puterea ei, el ar fi ales să tacă pentru totdeauna. Și-ar fi blestemat fiecare cuvânt care ieșise pe gură. Însă cuvintele nu le mai putem retrage. Putem doar să le schimbăm interpretarea.

Bărbatul ieși încet din cameră. Se întoarse să-i spună ceva femeii care se chircea de durere, însă nu mai avu curajul s-o facă. Ar fi putut s-o rănească și mai tare.

Ieși din casă. Afară bătea un vânt rece și, deși era septembrie, bărbatul tremura din toate încheieturile în acel pulover pe care îl trăsese în grabă pe el. Parcă-l pedepsea natura pentru mârlănia lui.

Alese să stea afară în voia frigului. Simțea că-și repara greșeala stând așa. În casă nu putea să se mai întoarcă. Ce ar fi putut să-i spună soției lui dacă l-ar fi privit în ochi?

Se gândi să intre într-un bar care se afla la un kilometru de locuința lor, dar nu înainte de a se duce la un bancomat să retragă niște bani. Nu avea numerar la el. Noroc că avea obiceiul să țină mereu în buzunar unul din carduri. Nu mai băuse de ceva timp. S-a așezat pe un scaun din acela înalt, fără spătar, și-a sprijinit coatele de tejghea și a cerut 100 ml de Jack Daniels. Sec.

Începu să bea încet, simțind cum fiecare picătură de alcool intră în sufletul lui și îi scormonește regretele cele mai mari. Chiar nu-și dorise deloc s-o rănească pe femeia care îi fusese atâta timp alături. Nu știa ce naiba îl apucase. Poate că era criza bărbatului trecut de 40 de ani. Sau poate că nu era suficient de matur, încât să se poată abține de la a spune prostii.

Lângă el veni un tip cu un păr prins în coadă cu un elastic albastru. Purta o geacă din piele întoarsă. Un fular la fel de albastru era strâns în jurul gâtului. Avea o băutură în pahar care părea coniac. Cu o privire iscoditoare, întinse paharul spre Robert și îi spuse:

– Noroc! Nici nu știi cât de bine ai nimerit. Dacă nici aici nu-ți sunt ascultate problemele, atunci unde? Ce s-a întâmplat?

– Am venit să beau un pahar și apoi sa plec acasă, îi spuse jenat Robert.

– Nu păcălești un vulpoi ca mine. În pulover și papuci nu pleci pregătit pentru bar. Ai ajuns aici că nu aveai unde să te oprești în altă parte. Eu sunt Myke.

Robert îi întinse mâna și simți o strângere puternică.

– Robert îmi spun prietenii.

– Mă bucur dacă mă consideri așa. Te ascult!

– Mi se pare ciudat să vorbesc cu un străin.

– Nimic nu face mai bine decât să vorbești cu un străin. Toate gândurile neexprimate îți pot otrăvi sufletul. Ca la confesionar. Liniștea nu îți este oferită de preot, ci de confesiunea pe care o faci. Eu încerc uneori să vorbesc la mormântul unui prieten sau să vorbesc cu un copac.

– Cu un copac?

– Da, Robert. Faptul că ești sincer te echilibrează. Faptul că nimeni nu te judecă îți face deja mult mai bine. Deci?

Robert dădu încă o gură de whisky pe gât ca să-și facă un dram de curaj.

– Mi-am înșelat soția, spuse direct și apoi privi spre Myke să vadă dacă acesta avea ceva dezaprobator în ochi.

– Ți-am spus că te ascult. O să intervin atunci când vei simți nevoia.

– Cu o femeie mai tânără cu 20 de ani decât mine. Îmi iubesc soția, dar nu știu cum să explic. Simțeam că, dacă nu m-aș fi culcat cu acea femeie, aș fi pierdut o oportunitate extraordinară. Este foarte frumoasă și, pe lângă asta, știi cum se spune. De la o anumită vârstă doar profesorii, actorii și scriitorii mai au șansa de a fi curtați de femei tinere.

Ideea este că nu știu ce vede această femeie la mine. Probabil este atrasă de un anumit tip de maturitate emoțională.

– Ce simți pentru acea femeie? interveni Myke.

– E greu să spun. Mă fascinează cu tinerețea și frumusețea ei. Are o libertate în privire pe care nu a avut-o niciodată soția mea. Îmi dă impresia că pot face orice lângă ea. Că pot cuceri lumea. Așa cum eram și eu la vârsta ei. Simt că mă transformă în bărbatul din mine pe care-l uitasem demult. Îmi dă speranță. Crezi că poți iubi două femei în același timp, Myke?

– Sunt sigur că da. Fiecare dintre ele ți-ar putea oferi alte experiențe și alte mistere.

Robert tăcu.

– Eu am altă problemă, spuse Myke și se uită la Robert ca să vadă dacă acesta îl ascultă. El era foarte atent.

– Am fost un tip care a trăit mereu departe de responsabilități. Nu doream nici familie și nici copii. În urmă cu 5 ani m-a sunat un unchi mai ciudat pe care nu-l mai văzusem de ani buni. Era fratele tatei. Mi-a spus că este dispus să-mi lase o moștenire de 300.000 de dolari dacă mă așez la casa mea.

– Așa, pur și simplu?

– Da. El era cam bătrân și regreta nespus că nu avusese niciodată familie. Spunea că trecuse viața pe lângă el, trăind nechibzuit în băutură, distracție și femei. L-am întrebat de ce ar vrea să-mi lase mie acei bani, iar răspunsul lui a fost că-i reamintesc de el. De tinerețea lui. Se comportase la fel ca mine. Din punctul lui de vedere, dacă aș fi făcut chestia asta, m-aș fi salvat. Vezi tu, el spunea că-mi salvează sufletul doar ca să nu ajung să trăiesc aceleași regrete ca și el.

– Să înțeleg că l-ai refuzat?

Myke îl privi pe Robert ca și când îi adresase cea mai proastă întrebare din viața lui. Apoi continuă.

– Prima femeie pe care am cunoscut-o mi-a devenit soție. Nu apucasem să ne cunoaștem. Nu aveam nimic în comun, dar mă gândeam că îi voi spune peste un timp și ei de această afacere și, la moartea unchiului, am fi divorțat și i-aș fi dat și ei o parte din bani.

Robert se gândea că tipul ăsta avea mai multe probleme decât el.

– După ce m-am căsătorit, spuse Myke în continuare, mi-am sunat unchiul. La nuntă nu a putut veni, căci avea deja probleme de sănătate. A ținut doar să-mi precizeze că până nu va ține în brațe un copil de-al meu nu-mi va da averea. Un an jumătate mai târziu aveam două fete gemene.

Robert începu să zâmbească la auzul acestei povești.

Ignorându-l, Myke își continuă povestea.

– Am primit banii și, exact când fetițele au făcut un an, unchiul meu a murit. Dumnezeu să-i odihnească sufletul! Din acel moment eram liber. Privindu-mi fetele cum cresc, nu mă puteam gândi decât la faptul că ar fi trebuit să le asigur o creștere sănătoasă într-o familie în care să se simtă protejate și iubite.

Myke tăcu brusc de parcă-l amenințase cineva.

– Asta e tot?

Bărbatul deschise larg brațele pentru a confirma că asta era întreaga poveste.

După câteva minute de liniște, Myke îi adresă o întrebare care avea să-l bântuiască pentru tot restul vieții. Îl privi în ochi ca și când ar fi vrut să-i dea o veste proastă.

– Robert, ce crezi că-ți poate măcina sufletul mai tare? Să iubești două femei sau să trăiești doar cu una pe care nu o iubești?

Au mai băut câte un pahar fiecare în liniște. Se auzea în surdină piesa Sacrifice a lui Elton John și cei doi bărbați se gândeau fiecare la propriile lupte care li se dădeau în suflet.

– Ai și copii, Robert? spuse după ceva timp Myke, iar vocea lui părea oarecum mult mai bătrână decât în urmă cu zece minute.

– Am un băiat. Îl iubesc enorm.

– Robert, ți-am spus că nu te voi judeca, dar voi încerca să-ți dau un sfat. Dacă vrei să mă asculți, o suni chiar azi pe acea femeie și îi spui să nu te mai caute. Lucrurile nu vor merge pe un făgaș bun. Fă-o pentru băiatul tău, pentru soția ta și, cel mai important, pentru tine. Nu ne demonstrăm că suntem bărbați prin numărul de femei pe care le alintăm în pat. Ai ales un drum alături de soția ta. Dacă nu ai mai iubi-o, ar fi altceva, dar se vede că suferi pentru greșeala pe care ai făcut-o.

– Mulțumesc!

Robert își termină băutura și privi spre ușă ca un om care se află într-un autobuz pe scaunul de la geam și-l anunță pe călătorul de lângă el că vrea să coboare la prima stație.

Myke se ridică în picioare și întinse brațele.

– Vino să te strângă în brațe marele Myke.

În acel moment realiză și Robert de ce își spunea bărbatul de lângă el „marele Myke". Avea doi metri și era bine legat. Îl luă în brațe ca pe un copil. Îl bătu pe spate ușor și îi spuse:

– Mă găsești pe aici când mai vrei să discutăm. Dacă nu sunt aici, întreabă de mine. Mă știu toți. Este barul meu.

– Mulțumesc tare mult.

Robert îi făcu semn ospătarului să plătească, dar acesta îi arătă că nu are nimic de achitat.

Bărbatul ieși din nou în frig. Trecuseră două ore. Acum vântul era și mai rece. O luă repede spre casă. Din metru în metru își sufla în mâini pentru a se încălzi.

În urechi îi răsuna întrebarea marelui Myke. „Ce este mai rău? Să iubești două femei sau să trăiești cu o femeie pe care nu o iubești?"

•••

La ultima lor întâlnire, Alice insistă ca Robert să-i dea piatra pentru câteva zile.

– Te văd pe tine câtă încredere ai în ea și în puterea pe care o deține, iar asta mă face foarte curioasă. Ce pot să fac? Așa suntem noi, femeile. Când ne intră ceva în cap, ne este greu să renunțăm la acea idee.

– Alice, este o piatră normală. Doar eu îi confer așa mare importanță, căci o simt foarte aproape de mine.

– Mai aproape decât sunt eu acum? se alintă amanta lui și, în timp ce se apropie de el și îl sărută, cu mâna dreaptă, îl atinse ușor pe interiorul coapselor.

Robert ar fi vrut să-i spună că nici soției lui nu i-a dat-o, dar ar fi fost penibilă o astfel de afirmație. Era ca și când făcea comparație între cele două femei, iar la cum o știa el pe Alice, ea se credea mult mai importantă decât soția lui, atâta timp cât Robert fugea de acasă pentru a se întâlni cu ea.

— Când mi-o dai înapoi?

— Două, trei zile o voi ține. Nu mai mult. Ai putea să refuzi acești ochi? îl întrebă pe Robert și clipi des din gene, blocând astfel orice refuz al bărbatului.

Întinse mâna stângă și așteptă, așa cum face băiatul din lobby-ul hotelului care, după ce îți cară bagajele în cameră, își așteaptă bacșișul.

— Bine, dar nu mai mult, spuse el și scoase piatra din buzunar.

Alice o înșfăcă și se duse cu ea în lumina ferestrei. O privea ca pe un diamant veritabil.

Robert regretă că îi spuse totul despre acea piatră. Ar fi putut spune că este un breloc și, astfel, l-ar fi scutit de acest scenariu. Se gândea că, pe timpul celor mai mari războaie și imperii, amantele aflau mereu de la conducători și de la regi tot ce aveau de gând să întreprindă aceștia. Amantele lor știau dinainte fiecare mișcare de trupe și fiecare trădare. Asta le dădea un avantaj decisiv în influențarea acelor bărbați.

Ce reprezenta o simplă piatră în comparație cu acele împărțiri de teritorii?

Era și vina lui până la urmă. A prezentat acel obiect ca fiind supranatural doar din orgoliu. Nu ieșea destul de mult în evidență în ochii iubitei lui și atunci trebuia să compenseze cu ceva interesant. Dacă ar mai fi avut 30 de ani, nu ar fi fost nevoit să mai apeleze la o poveste atât de fascinantă.

— Te rog să ai grijă de ea, Alice, îi spuse bărbatul înainte de a ieși pe ușă.

Nici nu spuse bine aceste cuvinte, căci femeia scăpă obiectul din mână. Acesta se rostogoli sub pat.

Robert se dezbrăcă repede de haină și se așeză în genunchi, căutând piatra lui norocoasă.

— Unde este? Zici că s-a ascuns de noi.

O găsi după câteva minute. Se ridică transpirat, dar cu ochii sclipind de bucurie.

— Am găsit-o.

Alice era bosumflată.

– De ce ești supărată, Alice?

– Dacă aș fi căzut în apă, nu ai fi sărit așa după mine.

Bărbatul rămase tăcut. Ea avea dreptate. Nu ar fi sărit așa de repede, pentru că nu o iubea. Era un capriciu pentru el.

Un capriciu care devenise periculos. Pentru Tania ar fi sărit oricând în cele mai adânci ape. O iubea și abia acum înțelese asta.

Lăsă piatra pe masă și ieși din cameră.

– Nu mă săruți? strigă după el amanta.

Bărbatul se întoarse mecanic. O pupă pe obraz și, în sfârșit, plecă.

În lift se hotărî. După ce-i va aduce piatra, îi va spune că nu se mai pot vedea. Va inventa el o scuză.

CÂND CEVA MERGE PROST...

Când soția lui Robert văzu că piatra lui era în posesia unei femei pe care nu o cunoștea, i se înmuiară genunchii. Acea piatră era inconfundabilă. Era unicat. Ce șanse ar fi fost să fie două la fel, mai ales că Robert, de câteva zile, se fofila atunci când venea vorba de piatră.

Nu știa ce anume să mai creadă. Simțea că a transpirat instantaneu. Se temea de un adevăr greu de digerat. Nu știa ce o durea mai tare. Faptul că Robert nu o lăsase niciodată să păstreze acel obiect măcar pentru o zi sau faptul că i-l dăduse altei femei. Înseamnă că avea mai multă încredere în ea decât avea în propria soție.

Dar să o luam cu începutul...

Alice îi promisese că-i va înapoia piatra în câteva zile de la ultima întâlnire. Bărbatul își pregătise deja discursul prin care ar fi trebuit să pună capăt relației cu ea. I se părea că, dacă i-ar fi spus așa ceva prin telefon, ar fi avut un comportament care nu-l reprezenta. Pe lângă asta, într-un astfel de caz nu ar mai fi primit înapoi acea inimioară albă din marmură.

Într-una din acele zile, el primi un telefon la birou:

– Ce face directorul meu preferat? Alice sunt și te sun de pe telefonul unei prietene. Pe-al meu l-am scăpat alaltăieri pe jos și acum este praf. De fapt, doar ecranul este spart, dar nu pot vedea cine mă sună. E ca și când e stricat tot, nu? Tu ai putea vorbi de pe un telefon care nu are ecran?

– Se pare că nu, spuse morocănos Robert. Aștepta de câteva zile un telefon de la ea. El o tot sunase și ea nu răspundea. Totuși era încântat că iubita lui îi știa numărul pe dinafară. El nu-l reținuse nici măcar pe-al soției. Se tot gândea că, dacă cineva i-ar fi luat telefonul, ar fi fost pierdut. Pe vremea când existau telefoanele fixe, știa cel puțin 20 de numere pe dinafară. Acum niciunul. Oare tehnologia ne face mai incapabili?

– Te-am sunat să-ți spun, continuă femeia, că eu voi pleca cu o prietenă în Spania pentru câteva zile. Sâmbătă am avion. Mă voi întoarce miercuri. Este ziua ei și vrea să plecăm ca între fete. O să ne distrăm de minune. Te pup. Ai grijă de tine. Și să fii cuminte, ursulețul meu.

Era pentru prima dată când îl alinta așa. Se auzeau mai multe voci lângă Alice. Probabil trebuia să intre și el în joc pentru a-i face pe plac femeii. Un lucru îl neliniștea totuși.

– Mai ai chestia aia?

– Mă distrugi cu piatra asta. O am, da! Ți-o dau când mă întorc. O să-i încerc puterile miraculoase în vacanță.

Se auzeau râsete, iar bărbatul se gândi că piatra lui va ajunge un subiect de distracție pentru prietenele ei. Mai avea de așteptat încă șase zile. Era joi. Îi ură distracție frumoasă amantei și se apucă de un nou proiect la muncă. Acum îi era mai clar ca oricând că trebuia să scape de această femeie.

Șocul și mai mare îl avu când ajunse seara acasă, obosit fiind.

Soția lui țopăia de bucurie din cameră în cameră. Îi sări în brațe lui Robert încă de când intră pe ușă.

– Am o veste bună, iubire, îi spuse ea.

– Spune-mi ca să mă bucur și eu.

– Promiți că nu mă vei invidia?

– Promit.

– O trupă de teatru cu care am mai lucrat a prins un contract în Spania, la Valencia. Vor să țină câteva reprezentații pentru comunitatea noastră de acolo. M-au rugat să merg cu ei. Mi-au spus că nu se pot descurca fără mine. Îți dai seama, Robert, ce înseamnă asta? Pasiunea și munca mea încep să dea roade. Știam eu că va apărea oportunitatea pe care o așteptam. Mai mult decât atât. Spectacolele se vor transmite la un post de televiziune națională. Nu pot să cred. Este un vis devenit realitate.

– Mă bucur sincer pentru tine, Tania. Când pleci?

– Sâmbătă voi avea zbor la ora 17, către Valencia.

Bărbatului i se schimbă culoarea tenului. Sâmbătă îi spusese și Alice că va pleca în Spania. Nu le putea împiedica pe niciuna dintre cele două femei să plece în acea zi de week-end. Robert se gândi cum ar fi ca soția și amanta lui să călătorească una lângă alta. Acest gând îl făcu să zâmbească. Care ar fi problema? Ele oricum nu se cunosc.

Așa cum se întâmplă uneori ca lucrurile să iasă prost, la fel se întâmplă și acum. Plecau amândouă cu același zbor, la Valencia.

În timp ce avea loc controlul bagajelor, Tania se afla în spatele lui Alice care își pusese în tăviță tot ce avea prin buzunare. Tania nu observă nimic din obiectele personale ce aparțineau amantei soțului ei.

După controalele de rutină, s-au așezat amândouă pe scaune, așteptând ca avionul să tragă la poarta lor de îmbar- care. Tania purta niște ochelari de soare mari și răsfoia o revistă în timp ce Alice se afla la câțiva metri de ea, împreună cu prietena ei. Făceau gălăgie și-și spuneau niște bancuri cu substrat erotic. Păreau atât de libere și de fericite, încât toate privirile se îndreptau spre ele.

Privind cele două tinere femei care erau îmbrăcate foarte provocator, bărbații rămâneau cu aceeași impresie pe care ți-o lasă și o bucată de ciocolată care ți se topește în gură.

Un turist începu să cânte la clapele unei pianine care aștepta cuminte pe holul principal al aeroportului. Lumea se adună în jurul muzicantului. Cânta Marie, Marie a lui Shakin' Stevens. Turiștii țineau ritmul, bătând din palme, iar vocea artistului nu suna rău deloc. Pronunța cuvintele într-o engleză stâlcită. Nimeni nu le mai dădea atenție lui Alice și prietenei acesteia. Părea că rock and roll-ul era mai interesant decât cochetăriile celor două tinere femei. Degetele pianistului alergau pe clapele instrumentului cu o precizie care asigura orice ascultător că nu avea de a face cu un amator.

După ce-și încheie reprezentația, cântărețul fu ovaționat. Se ridică de la pian și mulțumi audienței cu un semn al capului. Era un bărbat oriental, mărunt, cu ochelari. Nu avea mai mult de 30 de ani. Își luă rucsacul și se așeză la coada de îmbarcare pentru același avion. Destinația Valencia. Din respect pentru el, toți îi făceau semn să treacă în față. Bărbatul înainta puțin jenat. Nu cântase cu scopul de a fi lăsat să intre primul în avion.

Culoarul avionului se umplu de oameni. Stewardesele vorbeau încontinuu la microfon și rugau turiștii, care își găsiseră locurile, să se așeze deja pentru a lăsa loc de trecere și pentru ceilalți pasageri.

„Dacă ceva poate să meargă prost, va merge prost" spune legea lui Murphy.

Tania avea locul pe același rând de scaune cu amanta soțului și prietena acesteia. Tania stătea în mijloc. La geam stătea Alice, iar în margine prietena ei.

Nici nu a decolat bine avionul că a și început dialogul între Alice și prietena ei, Ema.

– Alice, o întrebă prietena ei, cum este tipul ăsta cu care te vezi?

– Nu e băiat rău, dar este prea ordonat. Îmi place că este matur, însă în curând voi ajunge să mă plictisesc. Știi că mie îmi place să...

– Știu. Cum să nu știu, îi spuse prietena și o privi cu subînțeles. Este căsătorit?

– Știi bine că nu umblu cu bărbați însurați, Ema.

Ema se uită la ea de parcă i-ar fi spus: „Alice, vorbești cu mine. Nu te menaja." Bârfele continuară.

– Are mai mult de 30 ani?

Alice îi făcu semn din ochi. Ridică sprâncenele. Ema plusă:

– 35 ani?

Alice repetă gestul.

– 40 ani?

Alice nu mai schiță niciun gest.

– Nu-mi vine să cred. Deci mai mare.

– Păi ca să crezi în talismane ar trebui să ai sub 10 ani sau peste 40 ani. Cine crezi că poate purta zilnic așa ceva și să creadă în miracolul unei simple pietre?

Spunând asta, femeia se întinse, rabată măsuța din fața prietenei ei și așeză piatra lui Robert pe ea.

Tania nu avu cum să nu audă ce discutau cele două domnișoare. Când veni vorba de talisman, își ciuli urechile și fu atentă la fiecare cuvânt. Când văzu în fața ei inimioara albă a soțului ei, îi veni să o strângă de gât pe Alice. Dar cât de multă vină ar fi avut de fapt ea și cât de mult era vinovat Robert? Greu de spus.

De câteva zile nu mai văzuse piatra pe noptiera de lângă pat. Acolo o așeza soțul ei înainte de culcare. Îl întrebase de vreo trei ori de ea, iar el se justificase că o ținea la birou, pentru că-l ajuta la niște proiecte noi.

– Vă este rău, doamnă? o întrebă Alice pe Tania, iar faptul că i se adresă atât de politicos și protocolar o făcu să se simtă bătrână și neputincioasă.

– Sunt ok, spuse ea. Îndreptă gura de ieșire a aerului condiționat din plafon mai aproape de ea. Avea nevoie de aer. Cât mai mult posibil. Mulțumesc de întrebare! spuse Tania.

O privi pe Alice. Era cu adevărat frumoasă. Era genul de femeie care învârte bărbații pe degetul mic. Acum era rândul soțului ei să fie învârtit. Căzuse în mrejele ei.

– Ce este cu piatra asta? întrebă Ema în continuare fără să știe că Tania simțea un cuțit înfipt în suflet.

– El spune că o are de la un vraci din Grecia și că ori de câte ori o poartă cu el se întâmplă lucruri minunate.

– Este posibil să se întâmple vreo nenorocire atunci când se desparte de piatră? se amestecă în discuție și Tania.

Amanta o privi cu teamă. Spusese chestia asta de ziceai că știa despre cine este vorba.

– Nu știu să vă spun, doamnă! Eu am luat-o ca să văd dacă mi se poate întâmpla și mie vreo minune. El mi-a dat-o pentru câteva zile.

Felul în care a spus „El mi-a dat-o” fusese foarte ciudat spus. Parcă deja vorbeau amândouă despre același bărbat, dar niciuna nu avea curajul să o spună. Intuiția celor două femei țâșnea la suprafața lucrurilor.

– Te rog să nu-mi mai spui doamnă. Mă faci să mă simt prost. Nu crezi că deja ne cunoaștem din moment ce am auzit toate aceste discuții?

– Sigur, doam…

– Sunt Tania. Femeia întinse mâna amantei. Aceasta a

apucat-o de mână, iar palmele i-au transpirat pe loc. Îşi aduse aminte că Robert îi spusese odată că pe soţia lui o cheamă Tania. Nu avea cum să fie aşa. Ce şanse ar fi fost? Şi, pe lângă asta, piatra ar fi trebuit să-i poarte noroc.

– Eu sunt Alice, îi spuse amanta după câteva clipe de ezitare.

– Eşti o femeie foarte frumoasă, Alice. Şi nu o spun doar ca să mai aud gratuit vreo poveste.

Uitând că ar fi trebuit să se considere deja prietene, Alice îi spuse:

– Vă mulţumesc! Apoi întinse şi ea mâna după gura de aer condiţionat. Îl întoarse mai mult către ea. Luă piatra de pe măsuţa Emei, o băgă în buzunar şi nu mai spuse nimic.

Începu să răsfoiască revista cu parfumuri şi ceasuri care se vindeau în avion. Ce zi ciudată!

•••

Tania îşi păstră sângele rece în restul călătoriei. Când coborî din avion, îi dădu un mesaj lui Robert în care îi scrise:

„Dacă ţi-ai pierdut piatra, să stai liniştit. Ţi-am găsit-o eu."

Bărbatul citi mesajul şi simţi cum o căldură îi coboară de la cap spre picioare, apoi se întoarse înapoi spre cap aşa cum se învârte apa fierbinte într-un calorifer. Din element în element. Nu avea cum s-o vadă la Alice. Era o cacialma. Avea chef de joacă. Nu ştia ce să-i scrie înapoi soţiei.

Să-i spună că a confundat obiectul? Asta ar fi însemnat că el ştia exact unde se afla piatra şi ea ar fi putut să-i ceară o poză cu ea.

Să întrebe unde anume? Îi era frică să nu primească exact răspunsul pe care nu voia să-l audă. Ce şanse erau oare ca soţia lui s-o fi întâlnit pe Alice şi să fi intrat în vorbă cu ea? Ar fi fost imposibil.

Ca să îi spună soţiei? Faptul că se bucura că a găsit piatra însemna să ceară mai mute detalii. Ar fi trebuit să fie entuziasmat, ori el un astfel de teatru nu ar fi putut juca. Îi spusese că piatra se afla la birou din ce-şi aducea el aminte...

Pentru ca soţia să nu interpreteze în niciun fel răspunsul lui, a ales să tacă. Sigur va fi sunat de Alice în câteva ore. Numai că trecuseră deja șase ore de la primirea acelui mesaj și niciuna din cele două femei din viața lui nu dădea vreun semn de viață.

După încă două ore, Robert se hotărî s-o sune pe soția lui. Ea nu răspunse. Mai încercă de câteva ori, dar rezultatul nu era diferit. Îi trimise un mesaj: „S-a întâmplat ceva? De ce nu răspunzi?", însă primi înapoi, într-un minut, următoarele cuvinte: „Sunt bine. Am multă treabă. Te voi suna eu."

Deja intraseră într-un joc psihologic, în care fiecare mișcare trebuia studiată cu atenție. O lipsă de strategie ar fi dat de gol pe oricare dintre parteneri și rezultatul ar fi fost că s-ar fi expus și ar fi fost obligați să recunoască tot ceea ce știau.

Pe de o parte, Robert știa că greșise, iar acest lucru îl făcea să se simtă vinovat. De cealaltă parte, Tania știa adevărul. O cunoscuse chiar și pe iubita soțului. Robert nu știa acest lucru. Dintr-o dorință care se născuse din suferință, femeia își dorea să-l fiarbă la foc mic pe soțul ei. Să-i dea impresia că știe tot ce se întâmplase, dar fără să se folosească de prea multe cuvinte și fără să-i reproșeze nimic.

Trei zile au comunicat numai prin niște mesaje sărăcite de orice limbaj specific unor oameni care se iubesc. Erau numai replici tăioase care ajungeau la sufletul partenerului sub o formă de pumnal.

Bărbatul realiza că soția lui știa totul. Era clar că aflase de piatră într-o formă sau alta și, probabil, discutase și cu Alice. Dacă ar fi găsit pur și simplu talismanul lui norocos undeva în aeroport, aruncat de cineva, l-ar fi sunat repede pe el și s-ar fi bucurat amândoi. Robert era tot mai sigur că acea piatră nu a fost găsită, ci a fost prezentată soției lui. Cine să o fi făcut oare? Alice? Dacă ar fi vrut să-i facă rău, putea să o facă până acum, căci știa unde locuiau el și soția lui.

Acele trei zile se transformau în eternitate în mintea bărbatului. În fiecare seară se ducea la barul lui Big Mike. Avea nevoie să bea și să discute cu cineva.

„Ți-am spus că cel mai bine ar fi fost să renunți la femeia aceea!" făcu din nou trecerea Mike de la poziția de ascultător la cea de sfătuitor.

•••

Tania ajunse acasă într-o miercuri după amiază, pe la ora
14. Robert era la muncă. Se aștepta ca soția lui să ajungă în acea
zi. Nu-și mai vorbiseră de ceva zile.

Nu avea foarte multa treabă, așa că plecă de la birou pe la ora
17. Trecu pe la o florărie și luă trei bujori. Citise el undeva că
această floare simboliza iertarea.

Băgă cheia în ușă, dar aceasta din urmă era descuiată.

Tania se uita la televizor.

– Bine ai venit acasă, spuse el pe un ton chinuit, ca și când
repetase chestia asta de o sută de ori, fără să-i iasă bine nici măcar
o singură dată.

– Bine te-am regăsit, veni răspunsul rece și metalic din partea
soției.

– Cum a fost reprezentația?

– Nu pot spune că a ieșit exact așa cum mi-am dorit. Femeia
vorbea fără să se uite la el. Privea în continuare la
TV de parcă se despărțiseră cu două minute în urmă, iar el
fusese la baie între timp.

Este greu să oferi un buchet de flori unei femei, în orice situație.
Florile au o semnificație aparte și, dacă nu știi cum să le dăruiești,
strici tot farmecul gestului. Tot actul se trans- formă în ceva
mecanic, lipsit de sensibilitate, iar, dacă faci chestia asta de multe
ori, riști ca femeia să nu mai creadă în eleganța gesturilor unui
bărbat.

Este și mai greu să le oferi atunci când știi că ai greșit. Când știe
și ea acest lucru. Uneori, un adevăr nu trebuie rostit între două
persoane. El este viu. Își trăiește existența în același loc în care
sunt și persoanele. În acest caz, adevărul stătea pe canapea lângă
Tania.

Robert se apropie cu florile în mână. Ar fi vrut să le lase acolo
și să fugă. Ca și când i-ar fi putut rezolva altcineva problema, în
ciuda unui astfel de act de lașitate.

– Sper să-ți placă, îi spuse și îi întinse buchetul în fața soției lui.
Între ochii ei și televizor.

Femeia întoarse capul şi-l privi. Mai bine l-ar fi bătut. Nu putea să-i susţină privirea. Îl usturau ochii şi se simţea de parcă nu mai clipise de o săptămână. Ruşinea îl făcu să-şi coboare lumina ochilor.

– Pentru despărţire ai idee ce flori se dau? îl întrebă soţia.

– Eu nu ştiu ce anume vrei să…

– Am vorbit cu Alice. Piatra este în mâini bune şi tinere. Măcar îţi dau dreptate într-o privinţă. Cum ai înstrăinat talismanul, ghinionul a şi apărut. Fii măcar mai discret când îţi înşeli soţia.

Robert nu putea să îngaime nimic. Cum naiba a ieşit aşa prost totul? A vrut să se distreze puţin şi el şi acum mai era un pic şi parcă se făcea o emisiune despre asta. Cum de ştia despre Alice?

Ar fi jignit-o dacă i-ar fi cerut detalii. Cum soţia lui nu luă florile, bărbatul se duse în bucătărie şi le puse într-un pahar cu apă. Paharul, nefiind destul de mare pentru a susţine greutatea florilor, fu pus pe duşumea, iar florile rezemate de perete.

Pe unul dintre pereţii bucătăriei era lipit un tapet pe care era scris un citat care îi plăcea mult Taniei. Îl găsise într-o carte.

„Sunt femei care-şi doresc să fie îmbrăţişate, iar dacă nu ai puterea să o faci, lasă-le mai bine singure decât să nu mai creadă vreodată în tăria braţelor vreunui alt bărbat."

Robert se simţi ciudat. Parcă în acele momente înţelese cu adevărat acel mesaj, deşi el se afla acolo de vreo doi ani.

Se duse în dormitor să se schimbe şi acolo văzu nişte cutii sigilate cu o bandă adezivă pe care era un logo ciudat. Intră pe telefon şi căută acea firmă. Era una de relocări. Se pare că soţia lui vorbise înainte să ajungă acasă şi să strângă lucrurile. Programase întâlnirea cu cei de la firma de relocare în timp ce el era la muncă.

Ce mai conta? Se părea că ea era hotărâtă, oricum.

Se aşeză pe patul din camera lui şi dădu drumul la televizor. La o emisiune era invitată acea femeie care se îndrăgostise de tânărul care vorbea frumos despre iubire. Doamna milionară plângea şi spunea că bărbatul plecase cu o altă femeie. Una care era mai mică şi decât el. Doamna tot mai spera ca lui să-i vină mintea la cap şi să se întoarcă la ea. Ce ar fi putut să-i ofere o domnişoară fără minte?

Moderatoarea emisiunii o întreba pe femeie ce anume credea ea că se întâmplase de s-a ajuns la acea situație. Unde o fi dispărut iubirea lor?

„Se pare că în brațele domnișoarei cu care fugise iubitul ei" spuse în gând Robert. I se păru și lui de la început că acea relație era un marketing prost. Praf în ochii celor care stau gură-cască la toate emisiunile de doi lei. Simți o satisfacție ciudată, deși trecea și el printr-o situație oarecum similară. Ridică degetul arătător spre televizor ca și când voia să-i arate și Taniei chestia asta. Deschise gura pentru a o striga, dar nu reuși să scoată niciun sunet. Ar fi fost chiar indolent să-i arate emisiunea.

Ieși din cameră și se îndreptă spre baie. Din living se auzea sonorul televizorului la care se uita soția lui. Era aceeași emisiune. Robert zâmbi ușor. Însă acel zâmbet deveni amar în câteva secunde. Tania plângea și bărbatul o auzea cum se îneca în suspine.

Cum ar fi putut remedia situația? Nu vedea nicio ieșire.

Regreta enorm prostia pe care o făcuse.

Se culcară separat în acea noapte. Ea adormi cu acel gând specific femeilor înșelate. „Oare cu ce și unde am greșit?". El nu putu să doarmă. Nu știa ce ar fi putut face pentru a repara greșeala și nu-i venea în minte nicio soluție. Mai ales că o problemă își găsește de multe ori rezolvarea atunci când nu te mai gândești la ea.

Robert nu putea să nu se gândească la faptul că o dezamăgise pe Tania. O înșelase doar pentru a-și demonstra că era încă viu. Oare ce ar fi simțit el dacă ar fi auzit că plecase și ea cu un alt bărbat doar pentru a verifica dacă mai era vie?

Ce lașitate masculină…, se gândi el.

Cum nu putea să închidă ochii își fixă privirea pe un tablou pe care-l avea de câțiva ani în casă. Tania îl cumpărase de la o expoziție a unui pictor tânăr. În imagine erau două cești de cafea asemănătoare și totuși atât de diferite. Lucrarea purta un nume semnificativ „O dragoste perpetuă". Ceștile acelea parcă aveau suflet. Privindu-le, aveai impresia că nu sunt două obiecte, ci două ființe care au învățat să conviețuiască și acest fapt le oferea o mare bucurie.

Privind așa tabloul, i se păru că era puțin strâmb. Unul din colțurile de jos, și anume cel drept, era mai jos decât cel stâng. Coborî din pat. Îl mișcă un pic și acesta căzu cu zgomot pe podea. Geamul ramei se sparse în sute de frag- mente. Reuși să distrugă și acea ultimă dovadă a iubirii lor.

Robert ieși pe balcon. Simțea că nu mai putea respira.

Toata lumea era plină de traume. Oameni bogați care nu-și puteau scoate din minte sentimentul de lipsuri. Oameni care, deși înconjurați de prieteni, se considerau mai singuri ca niciodată.

Oameni care nu aveau posibilitatea să-și pună pe masă o pâine caldă și care nu se gândeau la altceva decât la bani. Bărbați care aveau lângă ei femei iubitoare, iar ei își căutau mereu izbăvirea în brațe străine.

Femei singure care-și închipuiau că bărbatul pe care-l visau cu atâta ardoare nu se va ivi niciodată. Oameni care au dat cu piciorul școlii atunci când erau tineri și plini de avânt, fiindcă au ales alt drum, iar acum regretele unei decizii diferite îi mistuiau așa cum întâmplă cu o frunză uscată, aruncată în flăcări.

„Ce lume nebună!" se gândi Robert, privind în depărtare un stol de păsări care zbura liber. Cerul nu era limită pentru ele. Acolo era doar începutul. Oare va trăi și ziua în care va avea curajul să țipe cât îl va ține gura: „Sunt fericit"?

Nici el nu era mai departe de această lume. Trăia în ea. Se identifica și se regăsea în fiecare din părțile ei componente. Avea și el propriile traume. Fusese falit, iar acum banii îi ofereau și mai multe probleme, căci trebuia să aibă grijă ca aceștia să nu se îndepărteze de el. Fusese singur, chiar dacă femeile nu-l ocoliseră niciodată. Doar trupuri goale care se apropiau unele de altele pentru un crâmpei de plăcere. Pentru a uita fiecare din ele de propriile suferințe și de propriile neîmpliniri.

Când găsi, în cele din urmă, o femeie care îl înțelegea, făcu o prostie atât de mare încât nu-și va putea reveni vreo- dată. O înșelase doar pentru orgoliul său stupid. Își dorea mereu să-și demonstreze că, în interior, era mai mult decât umbra unui bărbat. Un bărbat adevărat, așa cum el nu va putea fi niciodată.

Prima lacrimă izbi cu violență bara de metal a balconului în care bărbatul stătea și-și făcea sumarul vieții. Ce prostie! O viață împărțită pe capitole. Scrise din ce în ce mai prost. Nu mai plânsese de la înmormântarea unchiului său. Tatăl lui vitreg.

A doua zi, fără să verifice dacă soția lui mai era sau nu în camera cealaltă, plecă la muncă. Nu mâncă nimic. Nu-și bău nici măcar cafeaua.

O sună pe Alice. Fără succes însă. Două ore mai târziu primi un telefon de la ea.

Își mai prelungise vacanța cu încă patru zile.

– Iubire, spuse ea, vreau să-ți spun ceva, dar să nu mă cerți.

– Ai putea să-mi spui orice, că nu m-ar mișca nimic.

– Ți-am pierdut piatra.

Robert închise ochii și îi strânse cu putere, de parcă aflase că cineva drag tocmai murise.

De când o întâlnise pe femeia asta, el își făcuse numai probleme. Acum află că îi pierduse și talismanul care îi aducea noroc.

– Cum s-a întâmplat asta, Alice?

– Într-o seară când dansam. O aveam în buzunarul pantalonilor. Aceia scurți, care-ți plac ție. Marco m-a învârtit și cred că atunci a căzut, căci...

– Cine e Marco?

Robert vorbea pe un ton calm lipsit de emoție. Era sătul de tot acest circ în care intrase ca un prost.

– Este ospătarul de aici, de la hotel. Seara se organizează petreceri pe plajă și vine și el. Știe o groază de lume. Și dansează și bine. Ție nu ți se pare, Ema?

Alice îi dădea veștile proaste cu nepăsare și nici nu o interesa că lângă ea se afla prietena ei care, cu siguranță, știa toată povestea lor, deși Robert o rugase pe femeie să fie discretă. Probabil că lângă ele era și Marco.

– Voiam să te întreb ceva, îi opri explicațiile Robert.

– Spune.

– Ai întâlnit cumva o femeie pe care o chema Tania?

– Stai un moment! Apoi se auzi în receptor. „Ema, cum o chema pe acea femeie ciudată din avion?”

– Ai putea să n-o mai implici pe prietena ta în discuțiile noastre?

Fără ca măcar să audă ce o rugase Robert, Alice îi spuse.

– Da. În avion. Stătea între mine şi Ema. Când vorbeam cu prietena mea despre piatră, o lua razna.

– E soţia mea, ţipă Robert. Sau cel puţin a fost, continuă cu o voce scăzută.

– De ce strigi aşa, ursuleţul meu? Găsim noi o soluţie. Spune-i că a fost o confuzie. Te pup, mai vorbim. Apoi închise.

Nu avea niciun rost să-i explice amantei că soţia lui era singura femeie care îl înţelesese cu adevărat şi care îl iubise. Era femeia care-i respecta acea piatră aşa cum îl respecta şi pe el. Nu avea niciun rost să-i spună că, din cauza gurii ei bogate, acum va trebui să trăiască singur.

Nu avea niciun rost să-i explice amantei că rănise o femeie atât de bună pe care el n-o meritase niciodată.

Nu că nu avea rost să-i spună toate astea, însă, dacă i le-ar fi spus, nu ar fi interesat-o deloc pe Alice.

Robert savura încet un ceai de fructe de pădure. Zăbovi cu gândurile aşa de mult, încât ceaiul deveni atât de rece de nu mai putea fi băut.

O văzu pe geamul cafenelei pe Alice. Îi făcu încet cu mâna.

O pupă uşor pe obraji de teamă să nu-i strice machiajul.

– Iartă-mă, Robert. Am spus că voi sta doar câteva zile, dar au trecut două săptămâni. Ştii cum se zice. Cunoşti ziua în care pleci, nu şi cea în care te întorci.

Bărbatul o privea aşa cum priveşti un om imatur care nu are de gând să facă ceva cu viaţa lui.

– Tania m-a părăsit acum o săptămână jumătate.

– Îmi pare rău să aud asta, spuse Alice, fără să creadă cu adevărat acest lucru. Apoi îl mângâie pe Robert sub barbă, aşa cum faci cu un caniş care nu este al tău, pe care-l alinţi şi în acelaşi timp stai cu teamă să nu te muşte.

Deşi ar fi vrut să se despartă de ea la întoarcerea ei în ţară, acum el nu mai ştia ce să facă. Răul fusese deja înfăp- tuit. Simţea că nu mai avea nicio atracţie faţă de această femeie, acum că nu se mai ascundea de soţia lui. Fusese într-adevăr un capriciu. Totuşi nu voia să strice relaţia cu ea. Văzând că Alice nu dădea dovadă de curiozitate, începu el să vorbească.

– A plecat la sora ei care locuiește la Roma. L-a luat și pe băiatul nostru cu ea. Sper să-i treacă supărarea. Nu am niciun fel de pretenție. Este vina mea. Sunt sigur că-mi va permite să-mi văd băiatul din când în când.

În tot acest timp Alice își tăia unghiile cu o forfecuță. Era profund afectată. Din acest motiv îi și spuse:

– De când am plecat la Valencia, nu mi-am mai făcut manichiura. Arăt ca o neîngrijită. Cum mai dau eu ochii cu oamenii?

Bărbatului îi veni să-i arunce peste rochie ceașca aceea de ceai rece, dar se abținu.

– Îți era dor de mine? o întrebă doar ca să aibă un motiv de conversație.

– Normal. Tu ce crezi? Vii sâmbătă cu mine la niște prieteni? Ne-au invitat. O să fie distractiv.

– De fapt te-au invitat doar pe tine și tu te-ai gândit să mă chemi și pe mine.

– Ce mai contează? Ești culmea.

Ospătarul se apropie și întrebă ce dorea domnișoara.

– Nimic, îi spuse ea cu răceală. Tocmai plecam. Te pup, iubire. Mă așteaptă Ema. Se ridică și se întinse peste masă. Îl pupă pe Robert pe obraz ca pe un fost coleg de bancă și ieși din local împreună cu parfumul ei. Acel miros de ambră care îi era deja binecunoscut bărbatului.

Ospătarul o sorbea din priviri, văzându-i mersul lasciv și senzual. Avea și de ce. Era o femeie care știa să ațâțe dorințele bărbaților. Apoi, acesta se uită la Robert cu acea privire care spunea: „Dacă ar fi fost a mea, nu aș fi lăsat-o nicio secundă singură.”

Ce știa tânărul ospătar despre femei? Era prea crud ca să înțeleagă faptul că o femeie nu-ți aparține când vrei tu, ci când dorește ea. Dacă mai este ținută și din scurt, îți va oferi cele mai neplăcute surprize.

Robert se duse la petrecere în acea sâmbătă. Deși nu arăta rău, el se simțea ca un părinte care a venit să-și supra- vegheze copiii.

Niciunul dintre invitați nu părea să aibă mai mult de 27-28 de ani. Ce mai mulți aveau sub 25. Muzica i se părea asurzitoare. Din când în când Alice venea la el și îl ridica de pe canapeaua pe care înțepenise de când ajunsese acolo.

Oricât de mult și-ar fi dorit să se integreze în acea atmosferă i se părea că este ridicol. Trecutul lui zgomotos cu care se mai lăuda prietenilor, acum nu îl mai ajuta cu nimic. Îi veniră în minte versurile biblice pe care i le repeta mereu unchiul său.

„Vreme este să te naști și vreme să mori; vreme este să sădești și vreme să smulgi ceea ce ai sădit.

Vreme este să rănești și vreme să tămăduiești; vreme este să dărâmi și vreme să zidești.

Vreme este să plângi și vreme să râzi; vreme este să jelești și vreme să dănțuiești.

Vreme este să arunci pietre și vreme să le strângi; vreme este să îmbrățișezi și vreme este să fugi de îmbrățișare.

Vreme este să agonisești și vreme să prăpădești; vreme este să păstrezi și vreme să arunci.

Vreme este să rupi și vreme să coși; vreme este să taci și vreme să grăiești. Vreme este să iubești și vreme să urăști.”[5]

Dacă nu ar fi plecat din casa aceea, oare ce destin ar fi avut acum? Robert realiza că singurul lucru care-l echilibrase întreaga viață fusese amintirea tatălui său adoptiv. Omul acela îl iubise. Doar acel om văzuse în el ceea ce nimeni din jur nu vedea. Faptul că-l privise mereu cu speranță și încredere îl făcuse să nu se mai simtă singur pe lume.

Sub influența băuturii care curgea din sticle în pahare și din pahare în gâtlejurile însetate de viață ale tinerilor, diplomațiile nu-și mai găseau locul, iar Robert auzi câteva glume spuse destul de tare: „Alice a venit cu părinții. Nu are voie să stea mai târziu de zece.”

Apoi, râsete și chicoteli. Putea să le ceară socoteală acelor tineri pentru vorbele neplăcute, dar pe cine ar fi ajutat? Alice dansa înfierbântată lângă un băiat frumos care avea părul des și cârlionțat, de ziceai că avea perucă. Femeia era băută și spunea vrute și nevrute. Robert era sigur că îl bârfea și pe el.

De fapt, ea nu devenise așa din cauza băuturii. Era ființa

[5] Eclesiastul, Capitolul 3

naturală pe care o cunoscuse Robert din prima zi, dar pe care a însuşit-o el cu nişte calităţi pe care şi-ar fi dorit ca ea să le aibă. Soţia lui le avea...

Bărbatul s-a dus la toaletă, iar când s-a întors a observat că Alice nu mai era. A căutat-o prin camerele acelea obscure în care petrecăreţii se adunau şi încercau să-şi ascundă viciile. Era genul de petrecere în care cuplurile care intră prima dată în casă sunt total diferite de cuplurile care ies dimineaţa de acolo.

Într-un hol mic care lega o baie şi două dormitoare, Alice se săruta violent cu creţul dansator. Era atâta pasiune între ei, că li se auzeau dinţii cum li se lovesc unul de altul.

Robert îi spuse sec, fără să-i pese:

– Alice, eu plec. Noapte bună! I se adresă, de parcă veni- seră nu ca iubiţi, ci ca vecini. Bărbatul nu simţea niciun fel de gelozie. Pasiunea pentru acea femeie se consumase rapid, după câteva întâlniri, aşa cum se consumă o baterie a unei jucării de care un copil se va plictisi oricum. Continuă totuşi să se joace cu ea din lipsă de alte opţiuni.

Femeia se fâstâci. Nu se aştepta ca Robert să ajungă acolo. Sau poate asta avusese în intenţie. Să fie văzută. Se duse după el.

– Robert, tot ce ai văzut acolo a fost o prostie. Nu ştiu la ce mi-a stat capul, dar îţi jur că este doar un copil. Eu am nevoie de un bărbat aşa ca tine care să...

Bărbatul ar fi vrut să-i spună că nu ştia la ce i-a stat capul atunci când a întâlnit-o, dar a preferat să nu dea voce acelui gând. Era deja plictisit. A spus, în schimb, altceva.

– Stai liniştită. Te înţeleg. Pe toţi ne mai ia valul câteodată. Ne auzim zilele astea.

Coborî scările şi ieşi pe uşă, fără să-i pese ce simte sau ce ar vrea să mai spună sau să facă Alice.

O ÎNTÂLNIRE SURPRIZĂ

În prima luni care urmă după acea petrecere, Robert stătea la birou şi se uita de câteva ore peste un nou proiect. Nu reuşea să lege nicio idee. Cine ar putea fi creativ atunci când mintea îţi este asfixiată cu mii de gânduri pe care nu le poți liniști în niciun fel?

Încercă să-și sune soția de câteva ori, dar aceasta îi refuză apelul tot de atâtea ori. Nu voia să-l ierte. Ciudat era că nici bărbatul nu-și ceruse iertare în vreun fel. A vrut s-o facă, dar îi fusese rușine. Dacă l-ar fi întrebat, așa cum bine o știa pe soția lui, „Pentru ce să te iert, Robert?" ce ar fi putut el să-i răspundă?

„Pentru că te-am înșelat cu o femeie mai tânără decât mine cu 20 de ani!"

Ar fi fost un non sens această discuție. Unele dialoguri arată mai bine dacă nu sunt începute, căci, deschizând un subiect, constați că sunt atâtea lucruri de spus, încât nu ți-ar ajunge o viață ca să-l duci la final.

Cum stătea și se uita peste acel proiect idiot, se trezi în birou cu tânărul acela frumos cu părul creț. Tânărul pe care amanta lui îl sărutase cu atâta patos sub privirile lui.

Tânărul își aruncă privirea peste laptopul lui Robert, de parcă ar fi fost un trup de femeie. Apoi începu conversația:

— Este un calculator foarte bun, îi spuse tânărul.

— Mulțumesc, îi răspunse bărbatul.

— Alice mi-a vorbit mult despre dumneavoastră. Mi-a spus că sunteți foarte talentat și…

— Cu ce pot să te ajut mai exact? Faptul că vorbea cu atâta respect, îl făcea pe Robert să conștientizeze diferența de vârstă dintre el și tânăr, dar și dintre el și Alice.

— Știți, eu și Alice ne iubim, spuse tânărul, privind în jos.

— Bine, dar nu trebuie să vă dau eu binecuvântarea, o spuse într-un mod sarcastic bărbatul.

— Nu de asta am venit.

— Alice te-a trimis?

— Nu… Ba da! De fapt, am căzut amândoi de acord să vă anunțăm. Știți, eu o iubesc. Este foarte frumoasă. Mă face fericit. Și este plină de viață...

— Am înțeles, spuse Robert. Sincer, mă bucur pentru voi.

Apoi își aruncă privirea peste acel proiect.

Crezând că-l făcu să sufere, tânărul îl întrebă.

— Aș putea să fac ceva pentru dumneavoastră? Bărbatul îl privi în ochi şi îi spuse.

– Să ai grijă de ea. Chiar este o femeie frumoasă.

– Mulţumesc, bâigui creţul, de parcă Robert i-ar fi lăudat lui părul.

Apoi se aşternu liniştea. Tânărul nu dădea vreun semn nici că ar vrea să plece, nici să rămână şi nici să vorbească.

Simţindu-i încă prezenţa acolo, bărbatul lăsă dosarul şi se uită la el ca la o secretară căreia i-ai dat ceva de făcut şi ea încă nu s-a apucat de treabă.

– Ştiţi, când voi fi mai mare, mi-ar plăcea să am şi eu un birou aşa de mare şi de luminos.

Robert îi spuse pe nerăsuflate, parcă aşteptându-se la această remarcă din partea tânărului.

– Dacă vei munci mult şi vei fi disciplinat, s-ar putea realiza acest lucru. Bine, mai ai nevoie şi de oameni de calitate în jurul tău şi pe care să nu-i faci să plece, aşa cum am făcut eu cu soţia mea. Trebuie să mai ai şi un şef care să te aprecieze, nu unul care să te trateze ca pe un animal de companie.

– Vă mulţumesc pentru sfaturi. Eu am plecat.

Tânărul întinse mâna către Robert, iar el i-o strânse fără pic de ranchiună. Când dădu să iasă pe uşă, bărbatul strigă le el.

– Băiete, era să omit ceva important. Mai ai nevoie şi de şansă.

Creţul se opri un moment pentru a rumega ultima frază auzită, apoi dispăru.

Robert luă telefonul şi o sună pe Alice.

– Cu două lucruri te mai deranjez.

– Spune...

– De unde aveai e-mailul meu?

După câteva secunde de tăcere, Alice îi spuse:

– Am cunoscut cu ceva timp în urmă un bărbat care lucra în asigurări. Într-o zi am fost la el la birou şi i-am găsit o agendă în care scria detaliat numele unor clienţi. Adresa, vârsta, ocupaţia, veniturile... Am copiat câteva nume din agendă pentru studiul meu. Era exact ce-mi trebuia pentru...

– Am înţeles, îi spuse Robert, închizând ochii şi oftând că i se luase o greutate de pe inimă.

– A doua problemă care ar fi?

– Este posibil ca piatra aceea să nu se fi pierdut? Poate o ai prin bagaje, pe undeva.

– Am căutat-o de zeci de ori, crede-mă! Ultima dată a fost ieri, când am desfăcut...

Bărbatul închise telefonul.

Se gândea că, poate, printr-un capriciu al sorții, dacă ar fi regăsit acea piatră, i s-ar fi întors înapoi norocul. Și poate și soția...

TOTUL ARE UN PREȚ

La trei luni după ce-l părăsise Tania, Robert primi o scrisoare. Recunoscu pe loc scrisul soției lui:

„Știai că sunt bărbați care se pricep cu adevărat să se poarte cu o femeie? Sunt atenți la dorințele ei, sunt atenți la prezența ei, sunt atenți la tăcerea ei...!

Ai auzit că sunt bărbați care, din frustrare, nu știu decât să jignească o femeie? O consideră mereu sub nivelul lor intelectual. Dacă nu o pot domina în pat, măcar să creadă că sunt și ei mai buni la ceva...

Se vorbește că există bărbați care transformă plumbul în aur. Au în interiorul lor o lumină care schimbă oamenii din jurul lor. Îi face să fie mai buni și mai corecți față de ei înșiși!

Se aude că există bărbați care-și tratează consoartele ca pe animalele de companie. Le imprimă numai teamă. Le suprimă posibilitatea de exprimare. Le lovesc și le bruschează. Psihologii spun că procedează așa din cauză că au o parte a corpului mică și nedezvoltată! Nu-mi mai aduc aminte cum se numește, dar cine sunt eu să contrazic psihologii?

Se știe că trăiesc, în jurul nostru, bărbați care știu să țină de mână o femeie. Știu s-o privească în ochi. Știu s-o îmbrățișeze și să-i spună cuvinte atât de frumoase, încât, fără să vrea, ea se consideră cea mai norocoasă femeie din lume. Are și de ce...!

Cu toții știm că există bărbați incapabili de a-nțelege o propoziție scurtă care nu este deloc complicată. Lipsa lor de educație îi izolează tot mai mult de societate. Și asta este numai vina lor, căci se pot educa și singuri...

Există bărbați care au o atitudine corectă față de lume și în special față de femei. Ei sunt mereu apreciați și admirați. La urma urmei, se spune că atitudinea face diferența! Iar diferențe există din plin între bărbați.

Și ca să nu uit ce-am vrut să spun:

Toți bărbații sunt buni! Unii sunt buni de ceva, alții sunt buni de nimic!"

Robert împături cu grijă scrisoarea. După cum era încheiată, el era considerat genul de bărbat care nu era bun de nimic. Se mâhni la gândul că după toți acești ani atâta mai reprezenta el pentru Tania. Scrisoarea aceea a fost simțită ca un pumnal înfipt în inimă.

Robert nu mai știa nimic despre băiatul lui. Nu făcuse scandal, nu ceruse să-l vadă printr-un ordin judecătoresc sau ceva de acest fel. Știa că este vinovat și asta i-o spusese de multe ori și Taniei atunci când ea catadicsea să-i răspundă la telefon.

– Tania, când consideri tu că aș putea să-l văd pe David, te rog să mă anunți. Îmi este tare dor de el. Și de tine, bineînțeles. Cu scrisoarea aia să știi că ai exagerat. Știi că nici divinitatea nu cere moartea păcătosului, ci întoarcerea lui la credință.

– Termină cu prostiile astea. Eu nu sunt una din puștoaicele alea pe care le păcălești cu vorbe seci. Când voi considera necesar, o să-ți spun că vei putea veni să-l vezi pe băiat.

Numai că ea nu considera deloc că soțul ei ar merita puțină clemență. Spun soțul ei, pentru că cei doi nu divorțaseră. Trăiau departe unul de celălalt, fără să-i lege nimic decât o hârtie lipsită de orice urmă de generozitate sufletească: certificatul de căsătorie. Ce poți face cu el? Îți poate garanta acel act că poți avea parte de iubire și afecțiune?

După un an de zile, Robert reuși să-și vadă băiatul. Doar de două ori. Venise cu el cumnata lui. Sora Taniei. Băiatul stătu câte o zi, de fiecare dată, cu tatăl lui, dar parcă nu-i convenea nimic. Voia să se întoarcă la Tania. Se comporta cu Robert la fel cum te comporți cu un străin care îți spune că te iubește. Rămâi tot timpul atent și încordat. Nu știi la ce să te aștepți...

Au fost singurele dăți în care și-a strâns băiatul în brațe. Se scurseră încă doi ani iar Robert nu mai putu menține diplomația și o jigni pe Tania la telefon.

– Te porți ca o viperă. E copilul meu și am tot dreptul să-l văd.

A doua zi Tania îl sună și i-l dădu pe băiat la telefon, care îi transmise lui Robert ce gândea el.

– Nu mai insista atâta să mă vezi. Eu nu te mai consider tatăl meu, așa că obișnuiește-te cu ideea că nu mai vreau să te văd pentru tot răul pe care l-ai abătut asupra familiei noastre. Nu te-ai gândit nicio clipă că, prin ceea ce faci, ne afectezi fericirea și liniștea tuturor, nu doar pe a ta. Ai fost un egoist și te-ai gândit doar la tine și nu și la copilul tău. În momentele acelea nu știai că ești tatăl meu și că trebuie să mă protejezi? Ți se face dor de mine doar când nu ești în mrejele unei femei? Sunt fericit cu mama și cu Marc. El e tatăl meu acum.

Robert încerca să vadă printre lacrimi imaginea băiatului. I se îngroșase vocea. Devenea bărbat și el nu putea să fie alături de el ca să vadă acest lucru. Cuvintele spuse de David erau, cu siguranță, cuvintele Taniei.

El era prea mic să înțeleagă greșeala de care se făcea vinovat tatăl lui. Până ce nu va fi purtat ca un șuvoi de apă către frumusețea unei femei și până nu va simți ce avea să însemne pasiunea, băiatul lui nu ar fi trebuit să-l judece. Până nu va înțelege că între rațiune și delir se află o linie atât de fină, încât uneori nu mai poate fi distinsă, băiatul lui nu ar fi avut dreptul să gândească așa.

Bărbatul se resemnă. Închise telefonul. Suferința era atât de mare, încât simțea că-i pătrunde în suflet așa cum își face loc un șarpe în nisipul fierbinte al deșertului.

Robert nu-și mai găsea locul nici la muncă. Trebuia să se întrețină din ceva. Cam la trei ani de când îl părăsise Tania, Robert își dădu demisia și-și înființă o firmă de publicitate împreună cu Stanley, scriitorul.

Nu mai era dornic de carieră și de bani. Era mulțumit doar dacă ar fi putut supraviețui. În timpul liber, ieșea cu cei doi prieteni ai săi: Stanley și Big Myke. Acesta din urmă devenise un apropiat de-al lui Robert.

În ceea ce privește femeile, se mulțumea să aibă câte o aventură cu femei agățate pe site-uri de matrimoniale. Nu mai putu stabili o conexiune emoțională cu nicio altă femeie. Relațiile cu acestea durau cel mult două săptămâni.

Robert păstra tot timpul, în buzunarul hainei, scrisoarea primită de la fosta lui mare iubire. O recitea mereu ca să-și aducă aminte că era un bărbat care eșuase în viață.

Nu le spusese nimic celor doi prieteni despre scrisoare, dar, de câte ori îl întreba Stanley dacă mai știa ceva despre Tania și despre băiat, Robert se mâhnea. Intra într-o stare de letargie.

Nu a trecut mult până când a început să bea în fiecare zi. Astfel s-au mai scurs câțiva ani buni fără să aibă o zi de fericire.

A plecat din această lume, așa cum o vom face mulți dintre noi: fără să lăsăm urme. Poate doar frânturi de amintiri în mintea celor care ne-au iubit cu adevărat.

Robert a murit cu o zi înainte de a împlini 53 ani. Dorul de soția și de băiatul lui l-au afectat. Nu a reușit să-și mai găsească echilibrul. În ultimele luni căzuse într-o stare apatică. Nici de mâncat nu prea mai mânca.

Zi și noapte stătea în canapea și privea la televizor. Nu că s-ar fi uitat la ceva anume. Sunetul acestuia îi dădea o liniște aparentă, așa cum fumul de țigară îți dă o stare de relaxare înșelătoare.

•••

Stanley și-a dat seama că se întâmplase ceva cu prietenul lui. Nu răspundea nici la telefon și nici la ușă de mai bine de 24 de ore.

A anunțat poliția și salvarea. Au spart ușa. L-au găsit într-un fotoliu, îmbrăcat în halat. Avea o figură mâhnită. Nu reușise să se împace nici cu el și nici cu lumea. În mână avea o bucată de hârtie. Stanley a luat-o și a netezit-o. A citit ultimele rânduri din scrisoarea pe care Tania i-o trimisese lui Robert în urmă cu ceva ani. Robert rupsese acea bucată de hârtie și o purta mereu asupra lui. Din când în când o scotea și o citea, iar cuvintele cădeau ca o pedeapsă asupra lui.

„Toți bărbații sunt buni. Unii sunt buni de ceva, alții sunt buni de nimic!"

Se părea că Robert nu reușise să se ierte pentru acea greșeală.

Trupul lui a fost dus la spital pentru a se constata cauza decesului. Îi cedase inima, așa cum era de așteptat. Stanley a tot încercat să o sune pe Tania, dar ea nu i-a răspuns la telefon. În cele din urmă i-a trimis un mesaj prin care o anunța nefericitul eveniment.

A doua zi, într-o capelă mică, cei doi prieteni, Stanley și Big Myke, își luau rămas bun de la Robert. Nu fuseseră anunțați nici foștii lui colegi. Moartea îl răpuse pe nepusă masă. Un mic ceremonial religios s-a desfășurat sub ochii plânși ai celor doi prieteni.

În micuța capelă se afla o bunică împreună cu nepoțica ei. Femeia venise să-și spună rugăciunile. Copila avea în jur de 9 ani. Bălaie și cu ochii albaștri, fetița părea că suferă, privind la cei doi bărbați în toată firea cum plângeau dispariția din această lume a prietenului lor.

Lora, căci așa se numea fetița, îi ceru bunicii niște bani. Femeia îi dădu, neștiind pentru ce avea nevoie de bani nepoțica ei.

Fata ieși din capelă în fugă. Afară era o bătrână care vindea flori. Mâinile zbârcite ale femeii aranjau florile într-o găleată roșie plină cu apă.

Fetița s-a întors cu o floare în mână. Și-a privit bunica de parcă aștepta o binecuvântare din partea ei, apoi s-a apropiat de coșciugul în care se afla corpul lipsit de viață și de vise al lui Robert. I-a pus floarea pe piept. O mică floare albă, așezată de o frumoasă copilă pe costumul negru care îmbrăca trupul rece al bărbatului. Cei doi prieteni au privit curioși la fetiță și au început să plângă împreună cu ea.

Lora s-a dus înapoi la bunica ei care a strâns-o în brațe. Femeia o întrebă:

— De ce ai simțit nevoia să faci asta?

— Bunico, privește! Pe acest bărbat nu l-a iubit nicio femeie. Dacă l-ar fi iubit, ar fi fost aici.

Apoi fetița a lăsat capul în jos, de parcă ar fi purtat cu ea rușinea tuturor femeilor care au fost cândva alături de Robert, iar astăzi l-au uitat cu desăvârșire.

Dacă bărbatul ar mai fi trăit, i-ar fi răspuns fetiței:

„Lora, să ştii că m-a iubit o femeie, dar am rănit-o. Atât de tare, încât nu am reuşit să găsesc nicio cale de împăcare cu ea. Uneori nu realizăm câtă suferinţă putem provoca celor care ne iubesc. Dacă mă gândesc bine, nici eu nu m-aş fi iertat."

ÎNAINTE DE FINAL

La şase luni de la moartea lui Robert, Stanley a făcut o excursie de câteva zile în Budapesta. Îşi dorise de mult timp să facă asta. În timp ce admira frumoasa clădire a Parlamentului era să se lovească de Tania. Era singură.

– Bună, Stanley, spuse cu un glas vinovat femeia. Îşi frângea degetele de parcă ar fi vrut să le facă ţăndări.

Cu ochii încărcaţi de uimire, bărbatul a dat din cap în formă de salut. Nu-şi găsea cuvintele, deşi era scriitor. Avea privirea înfiptă în pământ. I se părea că nu îşi are rostul niciun cuvânt. Cu toate astea, încercă să vorbească.

– Nu ştiu dacă ştii, Tania, dar Robert a...

Femeia îşi scoase o batistă şi îşi şterse uşor ochii.

– Ştiu, Stanley. Am primit mesajul tău. Nu vreau să mă crezi fără inimă, dar nu am putut veni. Sper că înţelegi situaţia.

– Tania, eu nu judec pe nimeni. Mă gândeam că poate vrei să-l vezi pentru ultima dată. Nu ştiu ce a fost exact între voi. Mie mi-a fost un prieten adevărat şi...

– Nu mi-a spus nici măcar că-i pare rău. M-am simţit extrem de umilită. Nu i-a păsat deloc de ceea ce putea să se întâmple în urma acelei aventuri.

Stanley luă apărarea fostului prieten. Aşa cum fac bărbaţii atunci când vor să ascundă o escapadă în faţa unei femei.

– Ştii, bărbaţii sunt uneori ca nişte copii. Sunt fascinaţi de jucării noi şi...

– Şi cu cele vechi ce fac bărbaţii, Stanley?

Bărbatul şi-a dat seama că începuse greşit explicaţiile.

– Da, nu! Nu asta am vrut să spun.

– Dacă şi femeile şi-ar desface picioarele de câte ori ar avea ocazia să facă asta, le-aţi aprecia?

În loc de răspuns, Stanley tăcu. Se gândi că și el era în aceeași situație. De fapt, mai rău. Nu reușise deloc să stabilească o conexiune cu o femeie mai mult de doi ani.

Tania arăta tot bine. Parcă nu trecuseră opt ani de când o văzuse ultima oară.

Pentru a face tăcerea care se așternu peste ei mai puțin penibilă, tot femeia continuă discuția.

— Să știi că l-am iubit mult pe Robert.

— Sunt sigur că așa este căci...

— Taci și ascultă-mă!

Bărbatul tresări și tăcu. O privi cu un aer curios. Nu știa ce avea să mai audă.

— Dacă aș fi venit atunci la înmormântare, mi-aș fi făcut rău. Am ales un alt drum. Am cunoscut un alt bărbat la doi ani după ce m-am despărțit de Robert. Mă iubește și îl adoră și pe băiat. Sunt fericită cu el. Iubitul meu este aici. Face câteva fotografii clădirii. Este fascinat de arhitectură. Eu pregătesc în continuare decoruri pentru piese de teatru.

Tania povestea toate acestea de parcă își justifica într-un fel absența de la înmormântare.

— Mă bucur că ești bine, Tania. Sincer!

— Tu ce mai faci? Cum merge cu scrisul?

— Mă știi. Nu am cu ce mă lăuda. Probabil că eu sunt acel gen de scriitor care va fi apreciat după trecerea în neființă.

Zâmbiră amândoi.

Un bărbat se apropie de cei doi. Tania îl observă.

— Marc, el este Stanley. Un prieten de-al lui Robert.

— Salut, îi spuse bărbatul și îi întinse mâna. Tania mi-a povestit despre tine. Scriitor, nu?

— Da, spuse Stanley încet. Uneori mi-e rușine să susțin acest lucru.

Schimbară între ei câte un zâmbet forțat. Era momentul să plece.

— Mi-a părut bine, Tania. Să-i transmiți salutări și lui David. Se pare că este mare de acum...

— Da, trec anii...

— Mi-a făcut plăcere să te cunosc, Marc. Să aveți un concediu frumos în continuare.

– Mulțumim, la fel!

Stanley se îndepărtă. Nu mai era nimic de spus. Probabil era ultima dată când o mai vedea pe fosta soție a lui Robert. Mai mult ca niciodată, Stanley conștientiza faptul că trebuie să se schimbe. Nu mai putea trăi singur.

El nu văzu când Tania întoarse privirea după el. Stanley rămăsese singura legătură între ea și bărbatul pe care l-a iubit atât de mult. Avea dreptate. Dacă ar fi venit atunci când primise acel apel, putea să devină foarte confuză. Toate acele amintiri nu ar fi ajutat-o cu nimic. Făcuse deja o altă alegere.

Îl apucă strâns cu brațul drept pe Marc și păși alături de el pe străzile frumosului oraș. Mai avea multe de văzut. Cu mâna stângă își scoase batista din buzunar și își șterse ușor ochii. Numai o femeie ar putea înțelege emoția unor astfel de amintiri. Un suspin îi străbătu ființa. Își duse din nou batista la ochi și simți nevoia de a-și explica gestul:

– Mi se pare mie sau este cam mult praf în aer?

A.

2 UN TRECUT PLIN DE PASIUNE

Într-o seară, Daniel avu un vis foarte ciudat.

Cătălina se certa cu Elena. Își reproșau una alteia faptul că cealaltă femeie nu avea grijă de el așa cum ar trebui, căci un bărbat ca Daniel merita mult mai mult.

Fiecare dintre cele două femei aducea argumente care ar fi trebuit să-l facă fericit pe bărbat. De la calitățile erotice deținute și până la deliciile culinare pe care știau să le ofere, femeile își prezentau competențele ca la un concurs de frumusețe al cărui juriu era compus dintr-un singur membru. Daniel.

Bărbatul nu-și mai încăpea în piele de măgulit ce era. O mulțumire tipic masculină punea stăpânire pe el și simțea că nu-i mai rămâne nimic de aflat sau de învățat în materie de femei. Alături de cele două, avea siguranța că-și atinsese infinitul erotic. În vis avea convingerea că poate trăi așa mult timp, nefiind pus să aleagă închisoarea în locul poligamiei. Ceva din el știa că nu ar putea să devină partizanul căsniciei și al unui cămin în care ar putea trăi alături de o singură femeie. Simțea prin toți porii ființei lui disprețul față de angajamentele făcute pe viață.

Toată această ceartă dintre cele două femei se desfășura în fața lui și, la fiecare argument adus de fiecare femeie în sprijinul iubirii pentru el, auzea în urechi vocea suavă a respectivei: „Daniel, nu-i așa că am dreptate?"

Incapacitatea lui, de a se hotărî asupra uneia dintre cele două femei, îl sleise de puteri. Se trezi brusc. Mult mai obosit decât atunci când se culcase. Asta chiar era o chestiune ciudată... să obosești în timp ce dormi.

În cameră se auzea muzica lui *Ludovico Einaudi*. Era melodia *Una Mattina*. De câte ori dormea singur, își programa sistemul audio să-i redea întreaga noapte, în surdină, muzica unuia dintre artiștii lui preferați. În noaptea aceasta fusese rândul lui *Einaudi*.

Daniel rămăsese cu ochii pironiți în tavan. Era un tavan normal, așa cum are oricine în casă. Mintea lui era în cu totul altă parte. Asculta muzica ce răsuna în cameră. Sunetul pianului îl făcea să piardă conturul obiectelor din jur. Era el însuși un pian care se născuse pentru a răspândi armonie. Fiecare clapă atinsă se transforma într-o anumită culoare în ființa lui Daniel. Culorile se îmbinau și formau niște elemente geometrice care-i tăiau respirația bărbatului prin simetria lor.

Sunetele și culorile se concurau unele pe altele, încercând, fiecare dintre ele, să ocupe un loc cât mai important în viața bărbatului. Acesta intrase într-o stare de meditație cu ochii larg deschiși. Parcă vedea întregul mister al creației. Auzea primul scâncet al unui copil, același cu cel de la nașterea lui. Vedea și simțea emoția primei strângeri de mână dintre doi îndrăgostiți. Le simțea inimile bătând, ca și cum ar fi avut el privilegiul să fie în locul lor. Auzea sunetul unei ploi de vară ce cădea peste ocean. Trăia bucuria stropilor care se întorc la sursă. Vedea lacrimile și simțea durerea unui părinte care, din cauza bătrâneții, era nevoit să plece din această lume, luând cu el doar regretul că nu va mai avea ocazia să trăiască pentru a-și ocroti copiii. Simțea bucuria unei păsări care-și întindea aripile și zbura liberă, brăzdând cerul albastru. Apoi, bărbatul se transforma din nou într-un pian ce-și lăsa clapele inundate de un șuvoi de sunete.

Vreo două zeci de minute trăise Daniel această identitate cu întregul. Apoi începu să-și revină. Avea ochii înlăcrimați. Nu știa dacă sunt lacrimi de regret, de rușine sau de fericire. Trecea pentru prima dată printr-o astfel de experiență.

Canișul lui, făcut ghemotoc, dormea în fața boxelor, așa cum făcea de obicei. Un flocos meloman. Și-ar fi dorit ca și soției lui să-i placă muzica la fel de mult cum îi plăcea lui, însă, de câte ori era ea acasă, nu se mai asculta muzică noaptea. În toată chestiunea asta, cel mai mult avea de suferit Ben, câinele lor. În lipsa muzicii se foia întruna. Urca în pat, sărea pe covor, se întindea în fața boxelor și o lua de la capăt. Un circuit care nu putea fi oprit decât de puterea muzicii. Dacă ar fi știut cum, ar fi dat chiar el drumul sistemului audio.

•••

De ceva timp, Daniel purta, de câte ori ieșea din casă, o șapcă bleumarin. Își cumpărase vreo patru, printre care și una roșie. Pe cea roșie nu o purtase niciodată. Îi plăcea să o știe acolo, închisă în dulap. O martoră a faptului că poate ieși oricând în evidență dacă ar vrea acest lucru. Asta se datora și faptului că prezența lui trecea cam neobservată în ultima vreme.

Motivul real pentru care își achiziționase acele șepci era faptul că, în ultimul timp, Daniel era ținta glumelor prietenilor. Nu mai suporta să mai audă asta încă o dată: „Hai că ușor-ușor o sa rămâi chel." Prima dată primise această remarcă exact așa cum ar fi trebuit să fie percepută: ca pe o glumă între vechi camarazi de viață.

A doua oară, auzind același lucru, a lăsat baltă berea pe care doar ce și-o comandase, s-a scuzat că și-a amintit brusc ceva important și a plecat. Prietenii l-au privit așa cum privești o înștiințare de la Fisc care-ți spune că ai de dat, nu de luat. S-au uitat unul la altul și au continuat să bea. Doar ce prinseseră o masă liberă în acel bar care, de obicei, era plin ochi. Mai ales în serile de vineri.

Se duse glonț acasă și-și întrebă soția:

– Elena, crezi că am început să chelesc?

– Nu știu de ce-ți faci probleme pentru o realitate cu care se confruntă majoritatea bărbaților. Știi doar că nu părul tău este cel care m-a făcut să mă îndrăgostesc de tine. Ai alte calități care...

– Am doar 35 de ani.

– Alții, la vârsta asta, sunt deja chei. Plec. Natalia mă așteaptă. Îți faci griji de pomană. Tu vei rămâne același om, și cu păr și fără.

Să nu uiți, te rog, să scoți câinele afară dacă tot ai venit. Știu că era rândul meu, dar nu mai am timp. Mă revanșez eu.

– Ok, o să-l scot eu, zise bărbatul încet, confirmând în același timp și cu privirea.

Femeia îl pupă pe creștetul capului, ca pe un copil care dăduse un răspuns corect la o problemă de matematică. Ușa se trânti în urma ei din cauza curentului, căci geamurile erau deschise. Era aprilie și doar ce începuseră primele zile calde. Daniel simți dâra de parfum pe care soția lui o lăsase în urma ei. Era Magie Noire de la Lancome. I-l făcuse cadou în prima zi a primului Crăciun pe care îl petrecuseră împreună. Parcă era făcut pentru ea acel parfum. I se potrivea ca o mănușă ale cărei degete îți îmbracă palma perfect, fără să rămână niciun gol de aer între piele și materialul mănușii. Daniel ar fi putut să recunoască acel miros printre alte sute de arome.

De la începutul căsniciei, cei doi soți hotărâră de comun acord ca ziua de vineri să fie o zi în care vor putea ieși separat, cu prietenii lor. Încercau să aibă o relație aerisită. Își respectau dreptul la momentele pe care și le puteau consuma și singuri, așa cum se întâmpla înainte să se mute împreună.

Canișul lătră scurt. Îl privi în ochi pe Daniel. Parcă știa că Elena îi ceruse să-l scoată afară. Acum doar îi aducea aminte bărbatului de promisiunea făcută.

– Ce-ți pasă ție, Ben? Tu ai un păr des și frumos, îi spuse bărbatul câinelui, fără să i se pară deloc ciudat că încerca să aibă o conversație cu patrupedul care-și luase, între timp, lesa în dinți și aștepta lângă ușă.

Vremea caldă de afară îl făcea pe bărbat să fie mai opti- mist. Poate că prietenii lui se vorbeau pe ascuns ca să-l ener- veze. Se întoarse în casă, desfăcu zgarda câinelui și îi puse niște mâncare în castronașul pe care i-l luase de ziua lui. În urmă cu trei luni, canișul împlinise doi ani. Se gândea că avea un câine care era zodia Capricorn, ca și el. Oare toate regulile alea care definesc zodiile se pot aplica și câinilor? Probabil că avea un câine căpos...

Bărbatul se aruncă pe spate în pat. Era încălțat, dar avu grijă să nu-și apropie ghetele de cearșaf. Tare ar fi avut chef să fie undeva întins pe iarbă și să privească cerul. Acum trebuia să se mulțumească doar cu varul de pe tavan. Măcar de-ar fi fost albastru...

Ben speculă momentul. Sări repede în pat.

– Dă-te jos, Ben, strigă bărbatul. Fără succes însă. Câinele începu să-l lingă pe față, apoi pe păr, de parcă voia să-i confirme gândurile lui sumbre.

Daniel se ridică din pat și se duse la baie. Acolo avea oglinda cea mai mare din casă. Deși lumina din baie nu era foarte puternică, bărbatul începu să-și analizeze creștetul. În anumite poziții i se părea că i se vedea pielea capului. Asta îi aducea o suferință enormă. Era o confirmare a faptului că începea să îmbătrânească. Ca să nu mai spunem de încrederea în sine, care aluneca pe o pantă descendentă. Fiecare fir de păr căzut îi sublinia nereușitele, iar fiecare fir rămas în picioare, speranțele. Ca niște soldați care nu au fost răpuși de inamic. Încă! Lupta era în deplină desfășurare.

Și, la drept vorbind, câte reușite avusese în această viață? Nu ieșise niciodată din rând. Nu avusese bani suficienți încât să-și atingă visele. De fiecare dată își spunea că va ieși soarele și pe strada lui, dar norii pesimismului și ai deznădejdii au fost mereu cu cel puțin cinci pași înaintea lui.

Poate că succesul avea niște reguli pe care nu le reținuse el. Dacă se gândea bine, nu-și aducea aminte să le fi citit sau auzit pe undeva. Succesul este un secret teribil pe care nu ți-l povestește nimeni. În schimb, eșecul este ca o carte deschisă. Îl poți afla de la mulți oameni. Este de ajuns să-i privești în ochi și gata.

Să trăiești 35 de ani și să ai atât de puține amintiri... Asta îi dădea un sentiment de rușine. Două-trei excursii pe care nici măcar nu și le plătise singur, ci primise de la părinții lui câteva mii de euro atunci când își vânduseră mașina. O vânduseră pentru că li se părea că era prea periculos să o mai păstreze. Prea mulți nebuni pe șosele. Prea mulți oameni care urcă beți sau drogați la volan. Din punctul de vedere al tatălui său, i-ar fi închis pe astfel de indivizi pe viață într-o celulă mică și întunecată.

Ce paradox. Ca și când toată acea ură îndreptată către cei care conduc iresponsabil se întorsese către tatăl lui. A murit lovit pe o trecere de pietoni de către un tânăr teribilist ce a avut o alcoolemie mult prea mare și care a mai și fugit de la locul accidentului. La tribunal, Daniel l-a privit în ochi pe călăul tatălui său. Tânărul a început să plângă.

La început, nutrise numai ură pentru șoferul iresponsabil, însă acea ură se transformase încet-încet în compasiune față de acțiunile tânărului. Încurcate sunt legile acestui Univers.

Întotdeauna, undeva, vor exista o victimă și un călău. Daniel se temea că acea dușmănie izvorâtă din el ar fi putut să se întoarcă împotriva lui. Așa cum pățise tatăl său. Nu-i rămânea decât să se bucure că măcar mama sa scăpase.

Îi revenea în minte ziua accidentului... Părinții lui se îmbrăcau pentru a merge la aniversarea unor prieteni. Femeia nu era pregătită să iasă din casă încă. Cochetăriile tipic feminine o mai rețineau în fața oglinzii. Tatăl era deja îmbrăcat și, pentru a nu se enerva, îi spuse soției că el va coborî mai repede și că o va aștepta în fața blocului. La o distanță de 150 de metri de imobilul în care locuiau părinții lui Daniel, era un magazin. Bărbatul se gândi să meargă să-și cumpere niște țigări. Un viciu pe care nu-l moștenise și Daniel. Când trecu strada pentru a ajunge la magazin, o mașină care gonea cu o viteză de 120 de km/ oră îi spulberă tatălui dreptul de a mai vedea lumina zilei următoare.

Amintirea acelui accident începea să se retragă încet-încet din mintea lui Daniel. Își făcea doar rău ori de câte ori se gândea la asta.

Se privea mai departe în oglindă. Nu se putea lăuda că văzuse destul lumea. Cariera? Lucra de vreo 10 ani într-o bancă ce avea o sucursală într-un mic cartier muncitoresc. Era casier. Deși i se promiseseră de nu știu câte ori nume- roase posibilități de avansare în muncă, părea că nimeni nu făcea nimic pentru el.

„Cu ce pot să vă ajut?" Așa se adresa de fiecare dată Daniel următorului client care se așeza în fața lui pe scaun. Această întrebare îl scârbea. Simțea cum îl strânge, așa cum se întâmplă cu o bluză cu trei numere mai mici pe care încerci s-o îmbraci doar pentru a-ți demonstra că arăți la fel ca în urmă cu zece ani.

O întrebare care strângea... ce ciudat! Dar mai mult decât întrebarea în sine, îi era silă de rigla pe care o folosea pentru a rupe chitanța pe care o dădea clientului din fața sa. Imprimanta scotea o coală de format A4 care trebuia ruptă în două. Pentru asta folosea acea riglă. O avea de la început. De când se angajase. Se formase o legătură subtilă între riglă și bărbat. Când i-o mai împrumuta unui coleg, simțea că înnebunea. Ura și iubea acea riglă. Era ca o relație asemănătoare între doi soți căsătoriți de 30 de ani care stau împreună, încercând să aducă mereu ceva proaspăt relației pentru a evita plictisul.

Oglinda din baie îi arăta bărbatului că, în orice direcție și-ar fi mișcat capul, părul i se rărise. În definitiv tinerețea este doar o respirație pe care o pierzi oricum. Un moment care trece. Ca un fum. Dacă nu te bucuri de prezența ei, ea te abandonează repede. Așa cum o face o femeie căreia nu-i acorzi suficientă atenție.

A crezut, ca mulți alți bărbați, că un număr cât mai mare de femei îi va oferi sentimentul că viața este într-adevăr frumoasă. Indiferent că va rămâne totuși un tip mediocru în ceea ce privea banii sau cariera. Credea că, dacă se va dezvolta în această direcție, a vânătorii de frumusețe, nu va mai avea presiunea neîmplinirii pe niciun alt plan.

Mai târziu, a înțeles că succesul în ceea ce privește femeile este strâns legat de succesul pe toate planurile. Nicio femeie nu visează la un bărbat lipsit de intelect, gras, neinteresant și falit. Ca să n-o mai lungim atât, Daniel se considera un mediocru și în această direcție. Nu fusese un băiat urât nici- odată, dar nici interesant nu se considera a fi.

Ciudat lucru este că femeile erau atrase de multe ori de colegi sau prieteni de-ai lui care nu aveau un fizic tocmai plăcut, dar aveau o calitate pe care el nu o deținea: aveau ceva de spus. Chiar dacă spuneau prostii, tot erau mai bine priviți decât era el. Nu putea să acosteze o femeie pe nepusă masă, așa cum nu știa ce să spună exact atunci când era necesară cea mai mare nevoie de a vorbi. Privirea unei femei îndrăgostite, care-și proiectează dorința atunci când privește un bărbat, el nu o văzuse la nicio femeie din viața lui. O vedea pe chipul altor femei care-și priveau partenerii sau prin filme, dar nu în filmul vieții lui. Ceva din personalitatea lui îl făcea plictisitor.

Una dintre prietenele lui din tinerețe îi spusese de câteva ori că-l consideră plictisitor. Într-o zi a ieșit cu ea la o cafea. Ea s-a scuzat că se duce până la toaletă, dar nu s-a mai întors la masă. N-a suferit, căci nu-i păsa de ea. Nici când a văzut-o de mână cu un prieten de-al lui, la doar câteva zile după, nu a simțit nimic. Fata râdea și-l privea pe prietenul lui, de parcă l-ar fi mâncat chiar acolo, în mijlocul străzii. Unde greșea el?

Acum avea ceva mai multă experiență de viață. Putea aborda mai multe subiecte, dar nu se mai simțea atrăgător. Avea momente în care-și dorea să dispară. Odată îi trecu prin minte că s-ar putea sinucide, căci nimeni nu i-ar fi simțit lipsa, dar era prea laș ca să facă și acest lucru.

Avusese exact trei iubite înainte să se căsătorească. Soția lui credea că fusese un armăsar. Sau îi spunea așa doar ca să nu-și piardă el încrederea în propria persoană. Acele iubite nu puteau fi nici ele numite așa. Se culcase cu ele de câteva ori, însă ele erau mereu pe grabă de câte ori se aflau în preajma lui. Ca un om care se află într-o gară de legătură atunci când coboară dintr-un tren și așteaptă să ia un altul.

La un moment dat găseau ceva mai bun și plecau în treaba lor. Nu suferise nici după ele. Toate aceste femei, care fugeau de el, erau un barometru al lipsei lui de succes pe toate planurile, căci în această viață nu există un bărbat înconjurat de succes care să nu fie curtat și de sexul frumos.

Singura femeie care l-a făcut să nu mai doarmă săptămâni întregi și care l-a lăsat cu un gol în minte chiar și treaz fiind, a fost Cătălina. A cunoscut-o cu mult timp înainte de-a o cunoaște pe soția lui, Elena. O dorea de când se văzuseră prima dată, pe când avea 17 ani, dar atunci nu a avut de ales și a trebuit s-o lase să se îndepărteze de el, sperând că într-o altă zi o va revedea. Dacă s-ar fi reîntâlnit întâmplător, ar fi rămas cu el. Așa îi spusese ea atunci.

Șapte ani mai târziu, a reîntâlnit-o. La un concert al unei trupe locale. Ea nu l-a recunoscut. Și nu o putea acuza de nimic. Nici Daniel nu a recunoscut-o de la început.

AMINTIRI

Se întâmpla pe vremea în care Daniel avea 24 de ani. Cătălina era cu o prietenă, iar Daniel alături de încă trei colegi. Nu mai știa nici el cum se petrecuse exact, dar în momentul în care se întorcea de la bar la locul lui, cu o bere la pahar, a dat peste ea. Nu s-au recunoscut unul pe celălalt.

– Îmi pare rău, îi spuse el. Berea lui era acum pe tricoul fetei, iar ea se uita urât la el, de parcă bărbatul procedase așa în mod intenționat.

– Nu știu dacă ți-a mai zis cineva, amețitule, dar aici nu este un concurs de tricouri ude.

– Nu știu ce aș putea face ca să mă ierți. Dacă aș avea un buton prin care să dau timpul înapoi cu 5 minute, aș face-o.

– Și dacă ar fi așa, ai lua-o prin altă parte?

– Cu siguranță aș lua-o tot pe aici, dar aș fi mai atent. Oricum aș trece neobservat pe lângă tine, iar tu nu ai mai avea ocazia să mă apostrofezi.

– De ce spui că ai trece neobservat?

– Nu prea întorc femeile capul după mine, să știi. Doar dacă fac vreo prostie îmi aruncă priviri.

Felul în care băiatul își turna cenușă în cap, îi plăcu fetei.

– Chestia asta cu încrederea în sine nu ar trebui s-o avem cu toții? întrebă ea.

– În asta constă particularitatea mea. Nu am încredere în mine. Este atât de mare neîncrederea în propria persoană, încât aceasta a devenit o superputere de-a mea.

– Eu sunt Cătălina, întinse mâna femeia, râzând.

– Eu sunt Daniel. Băiatul încercă să-i strângă mâna și-și mută repede paharul de bere din mâna dreaptă în mâna stângă. Iar lichidul, atât cât mai rămăsese din el în pahar, ajunse tot pe bluza fetei.

– Daniel, tu vrei sa faci neapărat un duș cu mine?

El schiță un zâmbet rușinat și artificial. Nu mai avu replică.

„Un prostănac drăguț", se gândi ea.

– Dacă ar fi existat vreo șansă de a mă ierta, acum s-a dus naibii și aia, nu-i așa, Cătălina?

– Îți dai seama că, dacă ai putea să dai cu adevărat timpul

înapoi, acum ar trebui să derulezi cel puțin zece minute?

– Da. Și am mai asculta încă o dată piesa *Love Hurts*?

Acea discuție se desfășura în timp ce trupa locală cânta celebra piesă a formației *Nazareth*.

Avea ceva naiv și curat în suflet acest băiat. Era ceea ce avea nevoie în acea perioadă a vieții ei. Nu de un bărbat care s-o domine.

– Daniel, lasă-mi te rog numărul tău de telefon și te sun eu mai încolo. Dacă mai stau mult pe lângă tine acum, sigur mă aleg cu vreo mână ruptă. Ai treabă după concert? Ce zici dacă ne-am vedea? Poate s-ar mai duce ghinionul.

– Sigur că da. Îi luă telefonul din mână și observă că era blocat. Parola? întrebă el.

– 1815, îi spuse ea relaxată.

Daniel îi debloca telefonul și-și trecu numele în agenda ei. Apoi își dădu un apel.

– Gata!

– Gata ce?

– Cred că s-a dus și ghinionul. Telefonul tău este întreg. Râseră și se îndepărtară unul de celălalt.

– Cătălina, ce este pe tine? o întrebă prietena ei plină de mirare.

– Crede-mă! Nu vrei să știi.

•••

Cătălina se gândea că-n aceste zile, în care stătea la prietena ei, ar fi putut să iasă un pic din rutina care o măcina de câțiva ani în continuu.

Victor o făcea să se simtă mereu vinovată. Nu simțea niciun pic de afecțiune din partea lui. Se simțea umilită mai mult prin nepăsarea și atitudinea lui, decât prin vorbele tăioase pe care el i le arunca aproape în fiecare zi. Doar un sentiment de teamă parcă o mai ținea lângă el. Mai încercase să deschidă acest subiect cu prietena ei, dar aceasta îi spunea că în orice relație este la fel. Lucrurile nu merg mereu așa cum ne-am dori. În cazul ei, lucrurile nu mergeau niciodată așa cum și-ar fi dorit.

Dragostea față de Victor pălise demult. Ar fi vrut să-i spună acest lucru, dar nu avea curaj. El exercita încă o mare putere asupra ei. Avea sentimentul că-i aparține. Faptul că nu știa nici acum, după patru ani de căsătorie, cu ce se ocupa, nu făcea decât să mărească și mai tare starea de anxietate interioară pe care o simțea.

S-ar fi dus la un psiholog ca să ceară un sfat, dar de unde bani? Victor nu o lăsa nici să muncească. Dacă îi dădea ceva de cheltuială, era cât să-i ajungă pentru lucruri mărunte. Pentru haine sau alte accesorii mai scumpe, mergea el mereu cu ea la cumpărături. Acest bărbat o înnebunea pe zi ce trecea. Se pare că încerca cu tot dinadinsul să o facă dependentă de el.

Simțea că Daniel era un om blând și care ar putea s-o asculte. Nu părea genul prea experimentat pentru a-i oferi sfaturi, dar măcar mai ieșea din mocirla în care trăia de atâta timp.

•••

La două ore după terminarea concertului, îl sună. Vocea lui Daniel era încărcată de mirare.

– Nu mă așteptam să mă suni, Cătălina.

– Uite că am făcut-o. Aș vrea să ne vedem.

Și-au fixat un loc de întâlnire în fața Primăriei. Era o clădire frumoasă și foarte luminată. Pârculețul care o înconjura era plin de băncuțe, iar cupluri de îndrăgostiți chicoteau pe alocuri, ascunși într-un semiîntuneric care, în acel moment, devenea confidentul ideal. Cătălina a venit îmbrăcată într-o rochiță ușoară de vară, vernil, croită dintr-un material suficient de transparent, încât să-l facă pe Daniel să nu-și ia ochii de pe trupul femeii.

Au schimbat câteva banalități legate de concert și de faptul că berea la pahar ar trebui să aibă capac ca să evite neplăcerile trăite de ei mai devreme și cine știe de câte alte persoane înaintea lor. Făceau haz pe această temă. Erau amândoi foarte naturali unul cu celălalt. Ea simțea o căldură în comunicarea cu Daniel pe care nu o simțise niciodată alături de soțul ei. Dacă stătea mai bine să se gândească, Victor nu era capabil de comunicare. El dădea doar ordine pe care ea trebuia să le execute repede, precis și fără interpretări.

Alături de acest tânăr își simțea corpul eliberat de orice formă de tensiune și de angoasă. Simțea cum în interiorul ei curgea un șuvoi de viață care era îngrădit brutal de atitudinea îmbâcsită și greoaie a lui Victor. Avea senzația că până în acele momente nu trăise, ci doar existase.

Băiatul luă mâna dreaptă a fetei și o așeză în a lui, iar ea nu opuse rezistență.

– Ce mână fină și rece ai, îi spuse el, privind-o din profil.

– Probabil stau prost cu circulația sângelui, încercă să adauge ceva Cătălina, fără să-și întoarcă privirea spre el.

Adevărul era că spaima i se amesteca în suflet împreună cu deplina convingere că nu făcea deloc bine ceea ce făcea. Avea senzația că se plimba pe fundul unui lac care secase cu două zile în urmă din motive neștiute, iar apa ar fi putut năvăli peste ea înapoi în orice moment.

Cu cât o ținea Daniel mai mult de mână, cu atât simțea că frica o părăsește. Nu știa nici ea de ce, dar mâna lui se trans- formase într-un fel de vrajă care o proteja. Simțea că prin mâna lui trecea o căldură care urca până la inima ei. Acum putea să vină și apa aceea din lac, căci nu se mai temea. Nu neapărat că nu se mai temea, dar nu-i mai păsa. Știa că prezența acestui băiat ar putea-o salva. Fata începu să lăcrimeze ușor. El nu observă asta. Mergea alături de ea și vorbea despre cât de minunat ar fi ca toată lumea să-și întâlnească sufletul pereche.

– Cătălina, crezi că am putea trăi într-o lume fericită dacă fiecare dintre noi și-ar găsi sufletul pereche?

– Nu știu ce să spun, Daniel, răspunse fata cu o voce joasă, încercând să ascundă faptul că plânsese un pic. Își drese un pic vocea și continuă.

– Cred că unii dintre noi ar fi pur și simplu invidioși pe cei care și-au găsit perechea înaintea lor și ar face tot posibilul să le facă multe greutăți.

– Și dacă toți ne-am găsi perechea în același timp? întrebă Daniel. Această idee sună atât de naiv, încât fata se întoarse brusc către el și-l privi în ochi ca pe un copil.

— Adică în aceeași zi și în aceeași oră?

— Da, Cătălina.

Își încolăci mâinile în jurul gâtului băiatului, se ridică în vârful picioarelor și-l sărută ușor pe gură. Închise ochii și o lacrimă i se prelinse pe obrazul băiatului.

— Ești un băiat tare bun, Daniel, dar ești idealist. O să fii mâncat de viu în această lume. Oricum, îți mulțumesc pentru tot.

Câteva momente fata simți că există o fărâmă de perfecțiune în toate lucrurile. Trebuia doar să găsească acea fărâmă și să se identifice cu ea.

— De ce spui asta? Și de ce plângi?

— Asta nu pot să-ți spun. Probabil că va veni o zi în care-ți voi povesti. Sunt niște probleme pe care trebuie să mi le rezolv singură.

Au continuat să meargă. Niciunul nu mai spunea nimic. Încercau să rumege în mintea lor tot ce se întâmplase mai devreme. Fata se întreba de ce simțise acel impuls de a săruta un alt bărbat, deși era o femeie căsătorită. Băiatul se întreba de ce plângea Cătălina. Oare spusese el ceva deplasat?

Pășeau ușor pe o alee a parcului care era făcută din pietricele albe și alunecoase. La fiecare pas al celor doi, pietricelele pocneau și se ciocneau între ele de parcă sub picioarele lor se afla o lume întreagă plină de agitație și pe care tinerii nu o percepeau. Mergeau cu privirea în pământ fără să observe niciunul dintre ei că astfel de momente unice dau mai multă savoare vieții decât ani întregi, trăiți fără sens.

— Știu că femeile sunt mai greu de înțeles, rupse tăcerea Daniel, dar îți jur că aș face orice este omenește posibil ca să te înțeleg, deși inteligența nu a fost punctul meu forte niciodată. Faptul că plângi acum îmi face sufletul să urle de durere. Dacă aș avea niște mâini atotputernice, aș așeza lucrurile în așa fel încât să-ți aducă bucurie, nu tristețe.

Ea îl ținea în continuare strâns de mână și nu spunea nimic. Înaintau cu pași mărunți pe acel pietriș al cărui alb nu se distingea decât pe alocuri în strălucirea lunii.

— Daniel, poți să ții un secret? îl întrebă fata și-și atinse urechea dreaptă repede cu mâna de parcă voia să verifice dacă mai are cercelul acolo. Era un tic pe care Daniel i-l observase de când se văzuseră. Era a şasea sau a şaptea oară când făcea asta.

Comportându-se ca şi când nu auzise ceea ce-l întrebase Cătălina, Daniel îi spuse.

– Ştiai că ai un tic?

– Nu este adevărat.

– Ba da. Ori de câte ori spui o chestie importantă îţi atingi lobul urechii drepte cu mâna de parcă vrei să alungi o insectă care nu-ţi dă pace.

– Nu este adevărat, spuse ea cu emfază, iar în acel moment îşi duse iar mâna la ureche. Îşi dădu seama de asta şi o pufni râsul. Eşti foarte atent la detalii, se pare.

– Nu cu toată lumea, Cătălina. Lasă-mă să văd.

O trase de mână cât mai aproape de el, iar fata nu se împotrivi. Îi examină urechea. Lobul acesteia avea o culoare rozalie şi plesnea de sănătate. Era moale şi rotund. Daniel nu a putut rezista tentaţiei parfumului care se ascundea discret pe după urechiuşa fină a fetei şi o muşcă uşor.

Ea îl îndepărtă uşor cu palma printr-un gest care-i trăda de fapt dorinţa de a se lăsa alintată în continuare de gura lui.

Când figura băiatului ajunse nu mai departe de câţiva centimetri de ochii fetei, Cătălina începu să-i atingă nasul şi gura ca la un concurs în care trebuie să-ţi recunoşti partenerul, legat la ochi fiind.

Băiatul avea senzaţia că ea ar vrea să-i netezească trăsăturile pentru a le aduce pe toate la acelaşi nivel. Era un gest de afecţiune pe care nu-l mai simţise până acum la nicio altă femeie. Luă mâna fetei de pe faţa lui şi o sărută cu evlavie, de parcă ar fi fost o mână care îi dăruise în dar încă zece ani de viaţă.

– Vrei să rămâi cu mine în seara asta? întrebă Cătălina.

Întrebarea fu atât de surprinzătoare, încât Daniel rămase blocat.

– Adică să...

– Da, să te culci cu mine. Sau femeile îţi inspiră teamă, încercă ea să pară stăpână pe situaţie, deşi amândoi erau la fel de speriaţi.

Ea, pe de o parte, pentru că ştia că nu procedează corect, iar el, pentru că nu simţise nimic pentru o altă femeie. Cum ar fi trebuit oare să procedeze în continuare? Numai gândul că ar putea s-o ţină în braţe, s-o alinte şi s-o atingă, aşa cum îşi dorea el, îl făcea să cadă într-un abis fără fund. O senzație de plutire. O cădere în gol care-i plăcea la nebunie. Unde mai simțise așa ceva? Această întrebare începea să-l macine tot mai tare.

— Vrei să mergem la mine?

— Nu, Daniel, nu merg acasă la bărbați necunoscuți. Vom rămâne la prietena mea. Ea se va întoarce pe la șase dimineața. Mi-a lăsat cheia.

— Ești sigură că nu este nicio problemă?

În loc de răspuns, ea se uită la Daniel și zâmbi. Era un zâmbet prin care anunța că nu era absolut nicio problemă. Își atinse din nou lobul urechii cu mâna fără să realizeze acest lucru. De parcă ar putea cineva să-și controleze ticurile.

Au continuat să meargă în tăcere și au ajuns lângă o clădire de apartamente cu două etaje.

— Aici vom înnopta, Daniel.

— Nu este niciun magazin pe aici? Mi-ar plăcea să luăm un vin roșu ca să detensionăm atmosfera.

— Va trebui să ne detensionăm fără ajutor, veni replica din partea tinerei femei. Nu există niciun magazin prin zonă. Și, chiar dacă ar fi, este ora unu noaptea. Ar fi deja închis.

Apartamentul avea două camere și tot ce reținuse Daniel fusese numărul mare de tablouri de pe pereți. Probabil că prietena ei era pictoriță sau era pasionată pur și simplu de această artă.

Cătălina a deschis televizorul, dar acesta nu avea imagine. În schimb, avea sonor. A schimbat posturile până a nimerit unul cu muzică. A lăsat sonorul încet și s-a dus până la baie ca să facă un duș. Când s-a întors, avea un prosop mare în jurul corpului care începea, în partea de sus, de la umeri și se termina, cu două palme mai jos de fund.

Daniel și-a adus aminte de imaginea fetei ieșite de la duș, din urmă cu șapte ani, când petrecuse o noapte cu cea pe care el o considera ca fiind o fată perfectă. Nu cumva era aceeași? Și numele era același. Cea de atunci era mai naivă și părea neexperimentată în arta amorului, dar avea totuși doar 17 ani la vremea respectivă. Nu se gândea că era genul de femeie care i-ar fi putut cere unui bărbat străin să se culce cu ea.

Femeia a apăsat întrerupătorul şi camera s-a scufundat în întuneric. Singura sursă de lumină era aceeaşi lună care făcea din când să lucească pietrele pe care ei călcaseră ceva mai devreme. Cătălina s-a apropiat de el. Băiatul a sărutat-o şi i-a desfăcut prosopul care-i acoperea toate acele mistere pe care bărbaţii le caută necontenit de atâta amar de vreme.

Avea picioare frumoase şi un mijlocel atât de subţire, încât Daniel avea impresia că l-ar putea cuprinde în ambele mâini. A luat-o în braţe şi a întins-o pe pat. Atâta frumuseţe radia această femeie prin toţi porii, încât bărbatului îi trecu prin minte că nu făcuse nimic special pentru a merita un asemenea favor al sorţii. Şi totuşi, iată că femeia era acolo pentru el şi dornică de atingerea lui.

A început să-i sărute pielea fină, începând de la gât şi coborând cu buzele lui lacome tot mai jos spre sânii pe care îi gustă uşor. Doi martori tăcuţi ai feminităţii...

Femeia gemea uşor pe măsură ce bărbatul îi sorbea fiecare centimetru de piele. Când ajunse în dreptul buricului, observă că avea piercing. Acest lucru îl excită şi mai tare.

Îi trase chiloţii într-o parte şi începu să-î mângâie sexul. Îi scoase încet chiloţii. Ea îşi ridică fundul pentru a-l ajuta. Îşi îngropă faţa în puful de pe pubis, în timp ce degetele lui se jucau cu sânii care fremătau de plăcere. Daniel simţea că, orice ar face, nu ar putea-o atinge îndeajuns de mult pe cât şi-ar fi dorit.

Cătălina închise ochii. Trăia fiecare senzaţie cu o intensitate de care nu fusese conştientă până atunci.

– Îmi place la nebunie gustul tău, îi şopti Daniel excitat. Bărbatul îşi scoase pantalonii şi chiloţii şi îşi lipi sexul de al ei. O sărută, iar cu mâna îi dezmierdă clitorisul. Pătrunse cu un deget în vaginul femeii şi îşi dădu seama că este pregătită să-l primească...

Intră încet în ea în timp ce femeia ofta de mulţumire. Îl simţea plin şi tare. Îşi dorea să stea aşa întreaga noapte. Bărbatul simţea că leşină de plăcere. Îi prinse mâinile şi i le aşeză pe lângă corp. I le imobiliză cu palmele lui in timp ce el se mişca frenetic deasupra ei.

O săruta fără încetare. O dorea foarte mult şi acum avea ocazia să-i demonstreze acest lucru.

Dintr-odată Cătălina îşi scoase mâinile din strânsoarea lui, îl împinse și aprinse veioza de lângă pat. Totul fu atât de brusc încât Daniel nu avu ocazia nici măcar să realizeze ce s-a întâmplat.

– Trebuie să pleci. Nu e bine ce facem.

– Bine, dar...

– Te rog, nu complica situația mai mult decât este deja.

Să nu mai treci pe aici, te rog. Uită că ne-am cunoscut!

Daniel rămase dezbrăcat în fața ei. Se rușină și se acoperi cu pătura. Cătălina îl privea de parcă făcuse cea mai mare greșeală din viața ei. Cu orgoliul rănit, bărbatul se îmbrăcă și părăsi apartamentul. Fără nicio explicație, ea închise ușa în urma lui.

Se trezi afară împreună cu zeci de întrebări pe care și le adresa și la care nu ar fi putut găsi răspunsul niciodată singur.

„Oare arăt așa de rău? Nu era mulțumită de ceea ce văzuse? Sunt un amant atât de prost?"

În timp ce mergea pe străzile pustii își aduse aminte. Cu siguranță ea era fata perfectă. Pe ceafă avea un fel de floare. Era un semn inconfundabil. Era același semn care îi atrăsese atenția lui Daniel în urmă cu șapte ani, atunci când fata perfectă ieșise de la duș.

Se îndrăgostise de ea și în urmă cu șapte ani, dar și acum, la fel de mult. Poate chiar mai mult...

Daniel se întorcea spre casă, încercând să meargă prin aceleași locuri prin care, cu câteva ore înainte, trecuse cu Cătălina. Deși trebuia să ocolească jumătate de oraș, prefera să facă acest lucru.

Se gândea că o parte din ea și din parfumul ei s-au contopit cu pietrișul acela pe care au pășit amândoi, ținându-se de mână. O parte din ea putea fi regăsită încă în liniștea nopții și în sunetul romantic al greierilor. Și-ar fi dorit atât de mult să fie în continuare cu ea. Avea ceva care-l făcea pe el să nu se mai simtă singur. Nimeni nu reușise acest lucru până atunci. Se simțea singur chiar și atunci când era pe stradă, înconjurat de sute de oameni.

Atâția ani petrecuți în tăcere și în dezamăgiri... atâția oameni cu care discutase și atât de puțini cei care l-au înțeles. Toate gândurile îl țineau în trecut. Atunci când era un puștan și încerca să recunoască un cuplu perfect. Știa că va deveni mai târziu un bărbat care nu va accepta să trăiască decât alături de o femeie care i se va potrivi. A avut șansa de a simți ce înseamnă asta. Pentru a doua oară.

Femeia asta se născuse să-l facă și fericit, dar și nefericit. În același timp. Ce dorea de la el? De ce dispărea mereu din viața lui? Cu siguranță își dorea un alt gen de bărbat. Nu pe el.

Chipul ei avea ceva care-l subjuga și-l făcea dependent de prezența ei. Dacă un drog ar fi putut lua forma unei femei, cu siguranță s-ar fi transformat în Cătălina. Era un drog pentru care ar fi plătit prețul suprem. Acela de a renunța la întreaga lume doar pentru a-l avea.

Licărirea din privirea ei nu dispărea deloc din mintea bărbatului. Îl chemase la ea, i se abandonase, dar după aceea ea îl gonise. Dacă se vor vedea tot în acest fel, câteva ore la fiecare șapte ani, ar trebui să trăiască amândoi o mie de ani pentru a petrece o lună împreună. Din punctul lui de vedere ar fi așteptat și atât, dar media de viață a unui om este mult mai mică. Prin forța iubirii pe care i-o purta și-ar fi prelungit viața, dar se părea că ea nu dorea acest lucru.

Trebuia s-o uite. Dacă nu o va uita, își va face numai reproșuri. Va găsi fel și fel de motive pentru a se învinui pentru faptul că ea îl gonise. După o perioadă de timp, va începe să arunce vina pe ea și astfel va ajunge s-o urască din suflet.

Daniel ridică privirea spre cer și văzu un avion. În momentul acela, și-ar fi dorit să fie în acel avion. Nu știa unde ar fi trebuit să aterizeze, dar nici nu-l interesa. Trebuia să plece cât mai departe de acest loc. Simțea că tot ce este în jur îl strânge ca un garou, care-l sufocă tot mai mult și mai mult. Avea nevoie de aer.

Era prea tânăr pentru a înțelege că uneori lipsa unei persoane din viața lui îi poate provoca o durere de care nu va scăpa întreaga viață. Indiferent că va fi trăită o mie de ani sau o perioadă însutit mai scurtă…

DANIEL ÎȘI ÎNTÂLNEȘTE SOȚIA

Se cunoscuse cu soția lui atunci când ea intrase în bancă pentru a depune o sumă de bani în contul ei.

Erau trei ghișee, iar la două dintre ele nu se afla niciun client.

Doar două persoane se aflau în bancă, dar amândouă așteptau la Daniel. Deși fusese invitată la unul dintre celelalte două ghișee, care erau libere, Elena preferase să aștepte tot la el. Ea se comporta ca atunci când alegi un restaurant doar pentru că vezi că este întesat de lume, nu gol. Te gândești că ceea ce are de oferit restaurantul care este ticsit de clienți este bun și pentru tine.

Când îi veni rândul, se așeză în fața lui. Schimbară câteva politețuri și ea îi întinse banii. El își făcu treaba meticulos. Luă banii, îi numără, apoi îi întinse femeii chitanța care fusese ruptă în prealabil cu acea riglă. De obicei, un exemplar se păstrează de către bancă și unul i se înmânează clientului.

Cu o prezență de spirit, care nu o caracteriza de fel, Elena îi spuse:

— Cred că ești foarte atașat de acea riglă.

El o privi de parcă tocmai fusese acuzat de un furt pe care îl comisese, dar de care era sigur că nu știa nimeni. Avu timp să schițeze un zâmbet chinuit. Se simțea stingher și transparent în fața acestei femei. Până să articuleze vreun cuvânt, ea luă chitanța și plecă. Spuse la revedere și ieși pe ușă.

După nici zece minute, se întoarse în bancă și se așeză din nou la ghișeul lui. Numai că Daniel nu mai era acolo.

— Aveți idee unde este colegul dumneavoastră? o întrebă pe una dintre angajate.

— Imediat îl voi chema.

Angajata le adresă o întrebare colegilor ei, care îi spuseră că Daniel se afla acum la un etaj mai sus. Pregătea niște dosare pentru arhivă. Deja știau toți că-l caută o blondă. Își dădeau coate, căci mulți dintre ei aveau impresia că lui nu-i plac femeile. De ani de zile de când era acolo, nimeni nu-l văzuse cu vreuna. Când coborî scările, Daniel avea mânecile cămășii suflecate, iar cravata îi lipsea de la gât.

— Spuneți, domnișoară, i se adresă viitoarei lui soții. S-a întâmplat ceva?

O spuse pe un ton plin de nesiguranță, ca și când nu avea cum să se fi întâmplat altceva decât ceva rău.

— Mi-ați depus banii în alt cont, spuse femeia, privindu-l într-un mod prin care îl anunța că fusese iertat deja.

— Mă scuzați, voi anula operațiunea imediat.

– Am tot timpul.

După ce îi înmână o nouă chitanță, ruptă cu aceeași riglă, femeia plecă la fel ca prima dată, spunând un simplu „La revedere".

De data asta, pe biroul bărbatului era un bilet pe care ea-și notase numărul de telefon. Daniel privi biletul și vru să-l arunce la coș. Ce i-ar fi putut spune acelei femei? Era ieșit de mult timp din mână, chiar dacă pe atunci avea doar 32 de ani. Nu mai știa nici să converseze. Se gândi totuși să-l păstreze. Băgă biletul în buzunar și urcă la etaj să mai arhiveze câteva dosare.

În urma lui, o colegă care observase scena îi strigă chicotind:

– Daniel, să nu o suni imediat. O sa creadă că ești disperat.

El nu era disperat. Nici nu-i păsa. De fapt, nu avea nicio părere legată de acest aspect.

Nu sunase în acea zi, bineînțeles. Abia după două luni.

•••

Elena îi lăsase acel număr de telefon, deoarece i se păruse cel mai interesant bărbat pe care îl cunoscuse vreodată, dar nu datorită calităților evidente pe care acesta le afișa, ci lipsei acestora, pe care le expunea ostentativ.

Când îl văzu atât de absent în tot ceea ce făcea, i se păru că bărbatul nu avea nimic al lui, în afara calculatorului la care lucra. Nici acela nu-i aparținea. Era al băncii. Se trezise în ea dorința de a-l cunoaște. Să afle ce îl motivează pe acel om să vină la muncă. Părea lipsit de orice direcție și orice ambiție. Îl privea mai degrabă ca pe un experiment social, decât ca pe un bărbat.

În mintea ei se născuse ideea că i-ar putea găsi ea calitățile și i le-ar putea scoate la suprafață. Le-ar face să predomine în ființa lui, așa cum încerci să scoți în evidență o literă peste care treci creionul de mai multe ori. Credea că oamenii pot fi schimbați, iar acel bărbat părea ca o plastilină încă neatinsă. Ar fi putut s-o modeleze așa cum credea ea de cuviință. Dacă ar fi fost un bărbat cu personalitate, ar fi avut mult de furcă cu el, iar asta era exact ceea ce nu-şi dorea. Vedea în jur multe certuri care se iscau între prietenele ei şi iubiții acestora. Multe dintre acele certuri porneau de la motive anodine, iar Elena trăgea mereu concluzia că lipsa de armonie în cupluri porneşte de la orgolii.

„Cu cât oamenii au personalitate mai puternică, cu atât se vor potrivi mai puțin", îşi spunea în sinea ei. Ea mereu trăise cu impresia că are o personalitate puternică, deci avea nevoie de un bărbat lipsit de aceasta.

Cine ar fi fost mai potrivit decât acel tip de la bancă? Văzându-l că se comportă de parcă îşi cerea scuze că trăieşte, femeia îşi dădu seama că ar putea trăi în liniște cu acel funcționăraş bancar.

•••

Când o sună, în sfârşit, după cele două luni, ea nu mai ştia exact despre cine era vorba. Îi asculta vocea lipsită de orice vibrație şi se gândea că vrea careva să-i vândă vreun card de credit. Îi închise. El o sună din nou şi încercă să-i explice mai bine motivele din spatele acelui apel. Atunci îşi aduse şi ea aminte.

– Să înțeleg că vrei să ieşim într-o seară, preluă ea inițiativa, văzând că bărbatul făcea pauze tot mai mari la telefon.

Ieşiră la o plimbare a doua zi. Ea îl studia cu interes, încercând să-i găsească acel element care l-ar putea trans- forma într-un om excepțional, iar el se tot scuza la fiecare frază, simțindu-se nesigur de fiecare cuvânt pe care-l rostea. Bărbatul era mirat de ce era ea interesată de el. Încerca să-i explice cât de puține femei îşi doreau să-l cunoască şi cum fugeau de el chiar şi acele câteva pe care le cunoscuse.

– Pe un bărbat trebuie să ştii să-l priveşti dincolo de formă, îi tăie femeia orice drept la scuze şi lamentări.

Văzând că nu are nicio şansă de a scăpa, Daniel înaintă în acea relație, aşa cum ştia el mai bine. Cu paşi mici şi nesiguri.

Căsătoria lor venise ca ceva firesc. Firesc pentru Elena. Ea era cu doi ani mai mare decât Daniel. Elena împlinise deja 34 de ani. Zi de zi îi povestea bărbatului despre prietenele ei care se căsătoriseră deja şi care erau în culmea feri- cirii, făcând parte dintr-o familie.

Daniel prinsese ideea cam greu, dar până la urmă preluă inițiativa. O invită pe Elena într-o seară la cină, într-un restaurant și, înainte de a comanda desertul, bărbatul scoase o cutie pe care o întinse pe masă, în fața femeii, cu capul plecat în semn de respect. Ca un yakuza care greșise și care-i oferea șefului degetul său în semn de iertare.

Elena se prefăcu surprinsă și vărsă două lacrimi. La cât de mult îi atrăsese atenția asupra acestui subiect, era o chestiune de timp până când bărbatul ar fi cerut-o sau ar fi fugit mâncând pământul.

DESPRE SOȚIA LUI DANIEL

Soția lui avea grijă mereu la ce mânca și făcea gimnastică aproape zilnic. Îi plăcea să arate bine.

Daniel adora să facă dragoste cu ea, căci avea un corp suplu și picioare musculoase, iar lucrul asta lui îi plăcea foarte mult. Nu era o femeie pasională și-și trăia senzuali- tatea mai mult ca pe o obligație casnică. Elena privea amorul ca pe un lucru pe care o femeie ar trebui să-l ofere unui bărbat pentru ca acesta să n-o părăsească.

Așa fusese educată de mama ei. Se pare că și bunica ei avusese aceleași concepții. Probabil trebuia să mai treacă o generație sau două pentru ca o femeie din familia ei să privească amorul ca pe o bucurie ce ar trebui împărtășită cu bărbatul iubit și nu ca pe o îndatorire.

Prima dată când făcuseră dragoste, ea acceptase mai mult din politețe, căci se știa cu Daniel de două săptămâni, iar lucrul acesta trebuia să decurgă în mod firesc din punctul ei de vedere. Nu-și punea corpul în evidență prea mult prin felul în care se îmbrăca. Și-ar fi dorit să atragă mai mult, să fie în centrul atenției, dar nu știa să-și sublinieze calitățile fizice, de care nu ducea lipsă deloc. Citea fel și fel de articole despre ce înseamnă să fii sexy, dar nu reușea niciodată să-și inducă un astfel de comportament și o astfel de atitudine.

Dădea impresia că nu pune mare accent pe haine și pe modă, dar i se strângea inima de durere când vedea că Nicoleta, colega ei de serviciu, aduna cinci complimente de la colegi până la ora prânzului. Dumnezeu știe ce laude mai primea și după ce pleca de la muncă. Nicoleta era nemăritată, pentru că nu-și dorea deocamdată asta. Gurile rele spuneau că era o adevărată devoratoare de bărbați. Toate hainele pe care le purta păreau că sunt cu un număr mai mic decât avea corpul ei nevoie. Rimelul pe care-l folosea era violent, iar în combinație cu genele false, îți dădea impresia că femeia are în permanență febră musculară la pleoape.

Elena nu înțelegea ce anume le făcea colega ei bărbaților de se comportau în prezența ei ca niște tocilari atunci când o vedeau pe regina balului. Nu conta că bărbații erau tineri sau bătrâni, căsătoriți sau liberi. Toți o priveau cu niște ochi pofticioși, iar ea se purta de parcă nu observa acest lucru. Cu cât ea îi ignora mai tare, cu atât ochii bărbaților deveneau tot mai pofticioși.

În preajma Nicoletei, Elena se simțea o femeie lipsită de importanță. Încercase de câteva ori să vină îmbrăcată și ea la fel ca Nicoleta, cu haine mai strâmte decât de obicei, dar nu se simțea deloc în largul ei. Într-una din zile, Daniel veni la Elena la serviciu și o văzu pe Nicoleta, dar nu spuse nimic. Soția lui era încântată că, în sfârșit, un bărbat nu era atras și interesat de colega cea sexy. Și acel bărbat era chiar soțul ei. Asta da mândrie!

Mândria dură până a doua zi de dimineață, când bărbatul aduse vorba despre Nicoleta, chiar înainte să iasă din casă.

– Cine era roșcata din birou de la tine? Nu știam că ai colege atât de pline de viață...

– Plină de viață? i-o tăie scurt Elena. Ce vă face femeia aia, că nu înțeleg?!

– Ne face? Mie și mai cui?

– Nu contează. Hai să încheiem subiectul.

Bărbatul plecă din casă bombănind. Se simți certat. De atunci nu se mai deschise subiectul în casă despre Nicoleta.

Elena își aducea aminte mereu de prima ei experiență amoroasă. I se părea că acolo pășise cu stângul și simțea că avea lacune în ceea ce privește practica sexuală. Exact ca la matematică, se gândea ea. Dacă nu ai înțeles câteva lecții importante, pierzi șirul întregii activități.

Pe atunci avea 20 de ani și, ca orice femeie, își cunoștea părțile care o avantajau cel mai mult, dar şi zonele corpului pe care nu voia să şi le expună prea mult în lumină. De pildă, considerase mereu că sânii ei nu sunt suficient de mari. Şi-ar fi dorit să fie mai plini. De câte ori trebuia să se dezbrace, simţea că ar trebui să-i fie ruşine. La plajă privea cu invidie femeile care erau mai bine dotate din acest punct de vedere. Parcă radiau o încredere mai mare. Ea credea că bărbaţii numai asta caută. În acelaşi timp îşi spunea că cel care ar fi dorit-o cu adevărat nu ar fi ţinut cont de acest lucru.

Era destul de mare încât să ştie ce haine o avantajau şi ce nuanţe de machiaj o făceau să arate mai bine. Ştia toate astea. Însă nu cunoştea cum ar trebui să se comporte în arta amorului. Prima oară când făcuse dragoste nu reuşise deloc să se relaxeze. De abia aştepta să se termine toată experienţa. Parcă ar fi încercat să scoată dopul unei sticle de vin fără să aibă la îndemână un tirbuşon. Era atât de neîndemânatică, încât iubitul ei abia aştepta ca ea să plece acasă. O convinsese foarte greu să-i cedeze, dar acum parcă îi părea rău şi lui.

O sărută pe tot corpul, o mângâie şi îi spuse vorbe frumoase. Aprinse chiar şi un beţişor parfumat. Nici el nu era prea experimentat, dar măcar se mai culcase cu două fete înaintea ei. O dusese în apartamentul unui prieten. În camera în care dormea acesta. Şi în patul lui. Când luase cheia de la el, nu avusese timp să mai facă ordine. O dezbrăcase pe Elena şi o lungise pe pat fără să-şi dea seama că, pe sub plapuma care era întinsă şi pe care o dăduse la o parte, se aflau tricoul şi pantalonii de pijama în care dormea prietenul lui.

Ea a simţit că se aşezase pe nişte haine transpirate, lucru care nu făcea decât să-i adauge o notă în plus stării ei de tensiune şi încordare. De câteva ori simţise un mic extaz atunci când iubitul ei o pătrundea, dar era atât de concentrată la ceea ce avea de făcut, încât nu reuşea deloc să se lase dusă de val. Cine ştie ce ar fi putut să păţească? În acelaşi timp era mândră de stângăcia ei, căci în acest fel îi arăta bărbatului de lângă ea că nu era o uşuratică.

Parcă nu făceau dragoste. Parcă încercau să dezasambleze un frigider şi trebuiau să ţină minte fiecare şurub şi fiecare sertăraş de unde au fost scoase, pentru a putea fi puse la loc, fără prea multă bătaie de cap. Exact genul de experienţă pe care nu ţi-o doreşti.

Mai ales în dormitor. Trebuia s-o facă și pe asta. Împlinea 21 de ani. Și nu avea ce să povestească atunci când ieșea cu prietenele ei. Ele erau mai lăudăroase. Ori mințeau, ori aveau câțiva pași înaintea ei, într-adevăr. Ceea ce auzea Elena de la ele atunci când se vedeau, o făcea să roșească. Era cazul să se grăbească dacă nu dorea să ajungă de râsul tuturor. Și acum, iat-o întinsă pe hainele alea îmbâcsite ale cine știe cui.

Ori de câte ori se gândea la această experiență din tinerețe își spunea că sunt, cu siguranță, femei care au avut experiențe mult mai rele. Asta o făcea să poarte în sinea ei o mândrie ciudată.

Tatăl Elenei era sârb și Daniel nu-l cunoscuse vreodată. Nici ea nu-l cunoscuse. O părăsise pe când ea avea trei ani. Încerca de multe ori să și-l imagineze, dar nici ea nu știa de ce îl vedea ca pe un tip sumbru, slab și înalt. În toate închipuirile despre tatăl ei, acesta purta barbă.

„Barbă?" o întreba mama ei. „Nu a avut niciodată așa ceva", venea răspunsul. Însă Elena așa îl vedea. Așa arăta un tată pentru ea. Așa cum mulți dintre noi, când auzim cuvântul bunică, ne închipuim o femeie blajină care nu ridică niciodată vocea.

La vreo opt ani după ce fusese părăsită de soț, mama Elenei găsi o scrisoare în cutia poștală. Fără nicio adresă a expeditorului. O scrisoare învelită într-un plic albastru. Era de la el. De la soțul ei. Nu erau prea multe rânduri în scrisoare. Oricum el era un om zgârcit la vorbe. Scria doar, într-un mod stângaci, că era dator față de fata lui și că ar vrea să-i trimită niște bani. Detaliile avea să le primească femeia într-o viitoare scrisoare. Atât și nimic mai mult! Nici măcar o aluzie sau vreo părere de rău legate de iubirea pe care femeia credea că și el o simțise cât timp trăise alături de ea. Încercase să-și refacă viața, dar de câte ori cunoștea un alt bărbat, simțea că-l înșală pe soțul ei care nu mai era prezent în viața ei de ani de zile. Simțea că era o afacere neîncheiată între sufletul ei și promisiunile pe care el i le făcuse atunci când se cunoscuseră. Actele de divorț fuseseră trimise de bărbat tot prin cutia poștală.

„De ce o părăsise? De ce nu avea curajul să vină și să vorbească față în față cu ea? De ce nu venea să-și cunoască măcar fata? De ce nu dădea un semn de viață?"

De când i se născuse fata, viața își schimbase cursul. Nu mai avea nimic care să-i aparțină cu adevărat. Tot ce avea, tot ce dorea, tot ce realiza erau doar pentru a face mogâldeața aceea fericită.

Se gândea mereu. Cum va arăta fata ei când va deveni o tânără femeie? Va fi frumoasă? Ea nu se putea lăuda că o înzestrase natura cu un chip nemaiîntâlnit, dar spera ca fata să împrumute din trăsăturile familiei soțului. Bărbatul avea o soră care făcea să palpite inima bărbaților. Sora lui avea pe atunci 40 de ani, dar nu-i dădeai mai mult de 30 ani. Deh, fiecare cu propriul noroc. Calitățile nu le primim la naștere în mod frățesc, ci în mod divin. Unul poate primi totul, iar altul nimic.

Următoarea scrisoare o primi la două săptămâni de la primirea celei dintâi. De data asta, era învelită în plic verde. Ăsta da dezinteres! Bărbatul nu-și bătuse capul să cumpere măcar două plicuri la fel. Atât de mult îi păsa. În această nouă scrisoare erau explicate detaliile unei întâlniri într-un anumit loc și la o dată anume.

Femeia se duse, sperând că se va vedea cu bărbatul căruia îi dăruise cei mai frumoși ani din viață. Un bărbat rotofei veni la ea și-i spuse că el este mesagerul. Schimbaseră câteva cuvinte despre toate și despre nimic, despre cumplita iarnă care nu mai trecea și despre cât de repede cresc copiii. Despre cum abia învață să meargă și a doua zi afli că sunt deja îndrăgostiți. Femeia încerca să-l descoasă, doar-doar va căpăta niște informații despre bărbatul care o părăsise. Însă mesagerul rămânea neclintit în acest aspect. Așa cum stă neclintită garda la Palatul Buckingham. După jumătate de oră de pălăvrăgeală fără scop, îi lăsă o cutie de carton pe care scria „Fragil". Îi spuse că era din partea fostului ei soț.

– Pentru fetiță, doamnă, adăugă la plecare rotofeiul.

Femeia se duse descumpănită spre casă. Se așteptase să-l vadă pe tatăl fetei. Era atât de dezamăgită, încât lăsă cutia câteva zile undeva într-un colț al dormitorului, nedesfăcută. Când se hotărî s-o deschidă, văzu că erau ceva bani în ea. Se temu să-i depună la bancă. Bancnotele erau noi și strălucitoare. Luă legătura cu un agent imobiliar și achiziționă două apartamente. De câte ori se întâlnea cu agentul pentru a vedea câte un imobil, îi repeta obsesiv că primise o moștenire. Femeii îi era frică. Simțea că nu sunt bani tocmai curaţi. Nu îşi luase nici măcar o bluză din acei bani. Avea de gând să treacă apartamentele pe numele fetei când ea va fi devenit destul de mare ca să poată dobândi acest drept.

DIN NOU ÎN PREZENT. DANIEL O REÎNTÂLNEŞTE PE CĂTĂLINA

În acea zi de început de aprilie soarele părea că se dădea în spectacol. Strălucea atât de tare, încât era imposibil să nu-ţi doreşti să ieşi din casă. Străzile erau pline de oameni. Era sâmbătă. Venise această zi frumoasă în weekend şi lui Daniel îi dădea o stare de bucurie pură. Aşa cum se nimereşte uneori să-ţi asculţi la radio piesa preferată fără să ceri asta.

Elena era plecată la un curs de vânzări. Trebuia să-şi petreacă singur aceste două zile. Înainte să iasă din casă, se gândi el: „De ce nu mi-aş pune şapca roşie? Am tot amânat ocazia."

Se îmbrăcă cu o jachetă de jeans neagră, pantaloni bej reiaţi şi pe cap îşi aşeză şapca aceea stridentă. La ieşirea din bloc se întâlni cu o vecină care locuia mai sus cu două etaje faţă de el şi care era singură, din ce se auzise. Nu avea mai mult de 30 de ani. Era drăguţă şi de multe ori o puteai vedea îmbrăcată foarte elegant. O salută şi-i ţinu uşa politicos. Femeia îi mulţumi şi intră în scara blocului. Se părea că ea deja se plimbase. Acum era şi rândul lui. Lipsit de cuvinte ca şi în tinereţe, Daniel nu îi spuse nimic. Cu toate că în mintea lui ar fi desfăşurat o întreagă oră de conversaţie pe subiecte care mai de care mai incitante şi care ar fi făcut-o pe femeie să înceapă să-l considere un bărbat fascinant.

I se păru că atunci când îl privi şi-i văzu şapca aceea roşie, vecina-i aruncă un zâmbet pe care-l serveşti doar celor pe care-i consideri caraghioşi. Într-o încercare forţată de a schimba câteva cuvinte cu ea, Daniel redeschise uşa blocului şi o strigă fără s-o mai vadă, dar sperând că-i va răspunde:

— Este cald afară, vecină?

Nu primi niciun răspuns. Se pare că urcase deja în lift. Sau poate că auzise, dar nu vru să-i răspundă de caraghios ce i se păru. Şi acum, pentru a elimina orice dubiu asupra lui, mai şi adresă această întrebare, la fel de ridicolă.

„Ce naiba, Daniel? Femeile au nevoie de lucruri ieșite din tipar, nu de rutină. Chiar ești plictisitor!" i se adresă conștiința.

Pășea pe bulevardul înțesat de oameni și se gândea să-și scoată șapca, dar imaginea acelor fire de păr, care-i dispăru- seră, îl făceau să-și îndese și mai tare obiectul vestimentar pe cap.

Se simțea ciudat. De multe ori își dorea să mai iasă și fără soție. Să fie el însuși, așa cum era înainte s-o cunoască pe Elena. Numai că rămânea mereu blocat între cel care fusese și cel ce este acum. Viața trăită alături de cineva te schimbă fără să vrei. Îți modifică personalitatea. Sunt lucruri pe care le împrumuți de la celălalt și lucruri pe care le pierzi, căci sunt anumite trăsături pe care nu le mai dezvolți și nu mai le exersezi.

Una dintre ele era comunicarea cu alte femei. De câte ori încerca să intre în vorbă cu o alta, se simțea vinovat. Chiar dacă și-ar fi dorit simple conversații fără încărcătură senzuală, totuși ceva din el îl făcea să se simtă un trădător. Când avea ocazia să fie singur, cum era acum, nu își dorea altceva decât s-o vadă pe soția lui. Chiar dacă ea era plecată în interes de serviciu, el simțea un fel de vină și pentru faptul că este departe de ea în această zi frumoasă.

În timp ce se uita în vitrina unui magazin la o pereche de pantofi sport, simți că rămâne fără aer. În dreapta lui stătea Cătălina. Se uita la aceeași vitrină. Parcă era mai cochetă decât o știa. Puțin bronzată, îmbrăcată într-o rochie albă, femeia purta o pereche de ochelari care îi stăteau foarte bine. Avea un chip frumos. Un ten care strălucea în lumina soarelui. Nu aveai cum să nu remarci o astfel de femeie.

— Cătălina, spuse încet Daniel.

Femeia se uită fix la bărbat, încercând să-i deslușească trăsăturile care se ascundeau sub șapca aia idioată. El și-o dădu jos pentru a o ajuta să-l recunoască.

— Nu cred, spuse râzând femeia. Daniel, cât timp a trecut de când nu ne-am mai văzut?

El își puse șapca înapoi pe cap, privi în jos și socoti pe degete, apoi dădu glas răspunsului:

– Unsprezece ani, trei luni şi 17 zile.

– Wow, spuse ea. Sunt impresionată. Aşa mult am contat pentru tine?

Daniel îşi dădu seama că prin acel răspuns păru un disperat. Nu avea cum să ştie Cătălina cât de mult înseamnă pentru el prezenţa ei.

– Te grăbeşti?

– Nu neapărat. Trebuie să mă văd cu o prietenă mai pe seară, dar...

– Fac cinste cu o cafea. Discutăm ca doi prieteni, zise Daniel.

– Bine, dar lasă-mă să-mi duc geanta asta la maşină.

– Te aştept...

În câteva minute, femeia se întoarse, dornică să împărtăşească ultimele noutăţi cu acest bărbat care nu avea o definiţie clară în mintea ei. Iubit, prieten, amic?

. . .

S-au aşezat la o terasă, care fusese improvizată cu doar câteva ore înainte, dată fiind căldura de afară. O masă şi două scaune, încă libere, i-au făcut pe Daniel şi Cătălina să grăbească paşii. Au zâmbit mulţumiţi că le-a surâs norocul.

Ospătăriţa nu a întârziat să apară. Daniel a cerut două cafele şi o apă minerală Perrier.

Bărbatul o privea fascinat. Până să apuce să spună ceva, Cătălina începu discuţia.

– Trebuie să-ţi spun ceva, Daniel. Nu am fost cinstită cu tine data trecută când ne-am întâlnit. Îmi stă ceva pe suflet.

– Nu este nicio problemă, o linişti bărbatul. Nu trebuie să te simţi obligată cu nimic. Dacă vrei să îmi spui, atunci...

– Eram măritată atunci.

După ce spuse asta, îl privi fix în ochi pe Daniel ca să-i vadă reacţia. El păru mai degrabă descumpănit, decât surprins.

– De asta nu am avut eu nicio şansă de a te cuceri.

– Probabil. Eram foarte dependentă emoţional. Şi speriată în acelaşi timp.

– Mi-ar plăcea să-mi povesteşti.

– Este mult de spus.

– Pentru tine am timp.

Cătălina își aprinse o țigară. Își umplu plămânii cu fum, îl ținu vreo cinci secunde, apoi îl scoase ușor, pe la colțul buzelor. Privind-o, aveai impresia că nimic pe lume nu este mai bun ca fumul de țigară.

– Să înțeleg că acum nu mai ești măritată? Femeia începu să vorbească repede.

– Nu. Am reușit să mă desprind de acea relație care mă îmbolnăvea pur și simplu. Dacă stau să mă gândesc, nu am avut nicio clipă de bucurie în acea căsnicie. Reproșurile pe care mi le adresa mă scoteau din minți.

– La cât timp după ce v-ați cunoscut au început toate astea?

– Practic, discuțiile au început după ce am făcut dragoste prima dată cu soțul meu. El îmbrățișa ideea că nu se cade să guști din voluptatea atingerii decât după căsătorie. Era un tip cu idei fixe pe care nu i le puteai mișca în niciun chip. Era de ajuns să-l privești o singură dată și îți dădeai seama că un astfel de om nu și-ar putea schimba opiniile.

Ținând cont de activitățile lui, mie îmi impunea mai degrabă o teamă a cărei sursă nu o înțelegeam deloc. De ce stăteam totuși lângă el? Cred că simțeam nevoia de a fi dominată și controlată. Fiind destul de tânără, nu aveam încă o personalitate bine formată. Nu știam ce vreau de la viață. Nu că acum aș ști mai bine. Numai după ce l-am părăsit, am început să mă înțeleg.

M-a cerut în căsătorie la două luni după ce ne-am cunoscut. Am acceptat. Mă gândeam că este o mare onoare pentru mine ca un bărbat atât de matur și stabil financiar să își dorească să mă aibă alături.

– De ce spui că au început problemele după ce ai avut relații intime cu el? întrebă Daniel. Se gândea că răspunsul pe care-l va primi va rezolva misterul care plana asupra lui de atâta timp.

– Nu știu cum să-ți spun. Este destul de jenant.

– Haide, Cătălina. Dacă tot ne-am întâlnit, ce-ar fi să ne spunem secretele?

– Bine, dar promiți că îmi spui și tu despre viața ta.

– De acord. Numai că a mea este foarte plicticoasă. Daniel

întinse mâna și o strânse pe a femeii, făcând un pact la care erau părtași amândoi.

– Văzându-l pe soțul meu că era mereu bosumflat și pus pe harță, l-am întrebat care este de fapt problema. Mi-a spus pe un ton nervos că felul în care am făcut amor cu el prima dată îl făcea să creadă că eram o femeie ușoară.

Daniel se uită la ea și încercă să-i ghicească acea grimasă care ar fi dat-o de gol pentru gluma asta. Însă pe figura ei nimic nu trăda expresia vreunui ton jovial. Oare spunea adevărul?

– Faci mișto de mine.

– Nu, chiar nu fac. Îți dai seama că și pentru mine a fost un șoc. Nu-mi venea să cred ceea ce-mi spunea. Chiar îl iubeam, iar faptul că m-am lăsat condusă de pasiunea pentru el atunci când ne-am atins corpurile prima dată nu era vina mea. Ce ar fi trebuit să fac? Să-mi ofer doar o parte a corpului sau să mă prefac că nu simt nicio plăcere?

– Înseamnă că...

– Că ce?

– Că ești foarte bună la pat, spuse bărbatul timid lăsând privirea în pământ.

– Doamne, voi bărbații parcă ați fi făcuți de aceeași mamă. Toți. Eu cred că altceva îl deranjase.

Daniel căscă ochii și așteptă continuarea, simțind că ochii nu-l mai ajutau dintr-odată să vadă, ci doar să asculte.

Între timp ospătărița veni la masa lor și le strânse ceștile goale. Bărbatul suferea pentru că ea venise în cel mai nepotrivit moment al conversației lor.

Îi întrebă dacă mai doreau ceva. Cătălina ceru un cocktail „blow-job" și pronunță atât de prost numele băuturii, încât ospătărița îi ceru să repete de vreo trei ori ce anume dorea de fapt.

După ce se lămuri, ospătărița plecă de la masa lor, lăsând discuția suspendată undeva în aerul plin de fumul pe care Cătălina îl scotea din gura ei senzuală. Pe Daniel îl usturau ochii de la fum, dar nici nu catadicsea să clipească de frică să nu-i scape vreun detaliu din povestirea femeii.

Exact în momentul în care el voia să-i ceară continuarea, ea își reluă conversația:

– Într-una din zile, fără ca soțul meu să știe, am instalat o cameră video lângă patul unde ne consumam clipele de intimitate. Am mascat-o cu un vraf de cărți. Mă enerva că pâlpâia mereu un mic led și mă temeam ca soțul meu să nu se prindă de chestia asta. Ar fi ieșit un scandal îngrozitor. M-ar fi catalogat și perversă. Ce crezi că am observat, privind apoi filmul?

Daniel se uită la ea ca un puști care-și vede în carne și oase eroul preferat din filmele de acțiune. Își umezi buzele cu limba instinctiv, înghiți în sec și întrebă repede, temându-se ca femeia să nu anuleze pactul pe care-l făcu- seră mai devreme.

– Ce?

– Nu cred că lascivitatea mea l-a deranjat de la început. Ceea ce mi se părea și mie că ieșea din tipare era faptul că...

– Ce?

– Te porți ca un copil prost crescut. Ai răbdare. Ți-am spus că-ți voi povesti.

Daniel se cocârjă sub povara acestei remarci, ca un servitor care deja este mustrat a doua oară pentru același tip de greșeală comisă. Și-ar fi mușcat degetele de nervi că-și trădase cu glas tare curiozitatea.

În cele din urmă se rezumă să intervină doar monosilabic în discuție, încercând cu tot dinadinsul să o atenționeze pe Cătălina că poate conta pe atenția și înțelegerea lui.

– Faptul că țipam foarte tare atunci când îmi trăiam voluptatea cred că l-a deranjat. Eu mă manifestam foarte natural, dar nu datorită experienței, ci faptului că eu chiar îl doream. Cel puțin la început...

Daniel o privi pe Cătălina ca un licean îndrăgostit, sedus de frumusețea ei. Era curios cum de a reușit acel bărbat să o convingă atât de repede să-i devină soție.

– Cum v-ați cunoscut?

Femeia păstră câteva secunde de tăcere, închise ochii pentru a-și aduna cu exactitate frazele și începu să povestească.

•••

– Eram într-un club cu două prietene. Nu mai ieșisem de ceva timp. Nu aș putea spune că mă dădeam în vânt după astfel de distracții. Zgomotul muzicii îmi dădea o stare de nervozitate. Basul făcea pereții și geamurile clădirii să vibreze ca o pânză de păianjen peste care bate vântul.

Purtam o rochiță verde pal. Era primăvară. Toate fetele din club se întreceau în cochetării și în arome de parfumuri care se doreau a fi unice și irepetabile. Însă aceste parfumuri se amestecau din cauza mulțimii de oameni, iar, dacă dădeai o tură prin tot clubul, aveai impresia că toți și toate miros la fel.

Rochița mea avea niște bretele fine și oferea un decolteu generos care mă făcea să mă simt aiurea. Parcă ieșisem la vânzare. Am observat asta la baie în oglindă. Eram nervoasă, atât din cauza zgomotului infernal, cât și din cauză că eram în acea perioadă a lunii care scoate din minți orice femeie, oricât de puternică s-ar crede. Sânii mi se umflaseră și mă dureau ca naiba. Parcă nu erau sânii mei. Bărbații se holbau ori de câte ori treceau pe lângă mine. Unu' mic și blondin se lingea pe buze când m-a văzut și-mi făcea cu ochiul. Aș fi vrut să-i spun „Du-te dracu' de disperat", dar era inutil să fac acest lucru din două motive. Primul ar fi fost că nu i-ar fi păsat de ceea ce credeam eu despre el și al doilea era că oricum nu ar fi auzit nimic din cauza zgomotului și ar fi trebuit să repet, iar toate acestea ar fi dus de fapt la o conversație cu el. Ar fi prins și mai mult curaj.

Adevărul era că mă admirasem puțin în oglindă. Îmi plăcea imaginea mea, dar faptul că mă simțeam sexy nu ar fi trebuit în niciun caz să ierte acele priviri perverse pe care mi le aruncau toți. Niște ciorapi nude din plasă și o pereche de pantofi tot verzi, ca rochița, și cu tocuri de zece centimetri îmi completau ținuta. Pe de altă parte eram măgulită de atâtea priviri indiscrete. Mă simțeam cântărită, pipăită și sărutată de mulțimea de bărbați care-și petrecea seara în club. Cu siguranță că nu eram singura femeie care trezea astfel de instincte. Vulgaritatea nu m-a atras niciodată la un bărbat, de aceea încercam să evit aluziile lor care erau oferite cu mare dărnicie din ochi.

Când am revenit de la baie la masă, prietenele mele m-au luat de mână și mi-au făcut câteva complimente. Însemna că arătam bine. M-au tras efectiv spre ringul de dans. Acolo, mulțimea de femei și bărbați îți dădea impresia că este o masă compactă și omogenă de carne. Nu eram mare specia- listă în dans, dar nu trebuia să fac mare lucru, căci în jur toți își mișcau un pic capul și fundul. Parcă se reinventase dansul, iar eu nu eram deloc în pas cu vremurile, deși împli- neam peste câteva luni 20 de ani. Sufocată de transpirația corpurilor și de mirosul de masculi și femele în călduri, încercam să-mi găsesc echilibrul pe acele tocuri. Nu îl păstram mult... Câte un fund de femeie acoperit cu o fustă extrem de scurtă, cât o batistă sau câte o respirație sacadată plină de alcool a vreunui bărbat mă făceau să intru în panică și să mă împiedic.

Când doream să plec la masă, prietenele mele, care băuseră cam mult, mă împingeau înapoi în grămada lascivă de trupuri, ca pe o minge pe care o arunci din nou în perete doar în momentul în care aceasta refuză să mai sară. În lumina acelor lasere mi se părea că rochița mea era subțire ca o foiță de ceapă. Parcă o pusesem degeaba pe mine. Mă simțeam goală în mijlocul unei mulțimi care, deși era îmbră- cată, tot la goliciune se gândea.

Mă întorceam la masă aproape împleticită de aburii alcoolului din cocktail-urile pe care le consumasem unul după altul, dar nu de plăcere, ci din dorința de a intra în acel peisaj. Totul era ca un lanț, iar, dacă voiai să mai zăbovești mult pe acolo, trebuia să te transformi într-o za care te-ar fi ajutat să supraviețuiești cât mai multe ore. Te transformai fără să vrei într-un atom care punea umărul la construcția acelei atmosfere încărcate de zgomot, fum și senzualitate. Mi-am comandat două sucuri de portocale. Trebuia să-mi revin un pic. Mă gândeam că nimic nu-i stă mai rău unei femei decât să cadă printre mese.

Prietenele mele m-au urmat la masă și m-am trezit într-o zarvă imensă care se desfășura la urechile mele care erau deja suprasaturate de atâta zgomot. Îmi explicau amândouă odată și în același timp, fiecare în parte, ce tipi drăguți văzu- seră ele pe ringul de dans și ce mari șanse ar fi avut ele să ajungă în patul lor în acea seară. Nu mai auzeam cuvinte, ci doar vâjâieli care își propuneau să mă scoată din minți. Dădeam din cap doar ca să nu par nesimțită, însă adevărul era că luciditatea mea rămăsese la intrarea în club.

Pe soțul meu l-am cunoscut în acea seară. O sticlă de șampanie, adusă cu nonșalanță de ospătar, ne-a făcut cunoștință. Pe bilet scria ceva de genul „Nu vezi că nicio femeie nu are strălucirea ta? Și, crede-mă, toate vor să iasă în evidență cu ceva."

M-a surprins acel bilet prin originalitatea și nefirescul lui. Parcă mi-am revenit dintr-odată. Prietenele mele au început să-mi aplaude reușita, de parcă era greu să atragi atenția unui bărbat cu o rochiță așa transparentă ca a mea. Nu am băut deloc din șampanie, dar am început să-mi obosesc ochii prin stratul de fum și de trupuri pentru a căuta privirea acelui bărbat care a avut frumoasa îndrăzneală de a ieși din banalitate. Ospătarul a venit în scurt timp cu al doilea bilet pe care scria „Ce ar fi să mergem la o cafea cât mai departe de acest loc plin de nebuni?"

L-am întrebat pe ospătar cine era expeditorul și el a arătat discret din cap spre trei bărbați care stăteau la patru mese depărtare de noi. „Domnul în costum negru" îmi spuse. M-am uitat la el și fizicul lui rotofei nu m-a atras. Nu avea nimic special în înfățișare, însă mi-a plăcut atitudinea lui. Stătea pe acea canapea de ziceai că toți oamenii din club îi erau datori cu ceva. M-am simțit importantă. Am confirmat din cap că sunt de acord.

Zece minute mai târziu eram afară, însoțită de bărbatul care venise singur. Le-am spus prietenelor mele că le voi suna peste o oră. Dacă nu, să sune la poliție și să dea detalii despre acel bărbat, care trecuse pe la masa noastră înainte să ieșim, și a cărui figură speram că o reținuseră chiar dacă erau foarte amețite.

A fost galant. Mi-a aruncat câteva complimente seci, lipsit de emoții în exprimare, ca să pară un bărbat sigur pe sine. Știa să vorbească. Atunci nu m-a deranjat nici figura lui dezagreabilă și nici acel tip de comportament care m-a făcut să-l părăsesc mai târziu.

— Dragostea e oarbă, spuse Daniel, pierdut în detaliile poveștii pe care femeia o tot descria.

— Da, așa este. Câțiva ani, da. Cu toate că ar fi bine să căscăm ochii de la început.

– Aşa spunem toţi...

Femeia îl privi şi tăcu. Ştia că Daniel avea dreptate, dar nu spuse nimic pentru a nu da satisfacţie încă unui bărbat. Încă nu ştia dacă o merită sau nu.

– Era trecut de miezul nopţii, spuse într-un târziu Cătălina. Victor mi-a sugerat să mergem să bem o cafea într-un local care ar fi fost un pansament pentru creierele noastre zdruncinate de tot acel tărăboi. Şi-a dat seama că nu aş fi urcat în maşina unui necunoscut, de aceea a propus să mergem pe jos. „Aşa vom avea ocazia să vorbim mai mult şi să ne cunoaştem mai bine. Pe lângă asta, nu vreau să crezi că te forţez în vreun fel."

Am plecat, lăsând în urmă mulţimea aceea răguşită de atâtea strigăte. Păşeam pe asfaltul întunecat, iar liniştea din jur mi se părea apăsătoare. Doar tocurile pantofilor mei răspândeau mici ecouri verzi care se îngânau şi încercau să se înăbuşe unele pe altele.

El vorbea cursiv, cu intonaţii grave pe anumite cuvinte. Cele mai banale situaţii de viaţă păreau deodată foarte importante atunci când mi le povestea. Câştiga drumul spre inima mea, nu prin originalitatea lui, ci prin debitul verbal care mă epuiza şi care nu-mi lăsa altă portiţă decât să-l accept. Mai discutasem şi cu alţi bărbaţi, dar aceia îşi pierdeau puterea de convingere pe măsură ce vorbeau, iar în scurt timp ajungeau să mă plictisească.

Mi-a spus că are 40 de ani şi că fugise până atunci de căsătorie şi de muncă. Numai aşa, spunea el, nu îţi vei pierde niciodată personalitatea şi nu vei deveni aşa cum vor alţii.

– Cu ce se ocupa? o întrerupse Daniel.

– Nici acum nu ştiu, deşi bănuiesc. O să ajung şi acolo. Când mi-a spus că fuge de căsătorie, cred că m-am uitat speriată la el, căci a dres-o imediat:

„Am spus că am fugit, deşi, când privesc spre tine, mi se pare că aş putea să fiu fericit şi într-o cuşcă dacă m-aş trezi în fiecare dimineaţă cu o astfel de femeie în braţe."

Dialogul avansa repede şi el muşca teren tot mai mult, ca un excavator bine întreţinut care îşi duce la bun sfârşit norma. Din când în când îşi arunca ochii peste corpul meu, iar eu îi simţeam cum îmi intră pe sub haine şi apoi se întorc la el pentru a-i povesti tot ce au văzut.

„Verdele nu-mi place, să știi, dar pentru tine sunt gata să fac o excepție. Așa cum voi transforma și termenul de burlac într-o amintire." Apoi îmi aruncă acel râs idiot care peste câțiva ani avea sa mă scotă din minți. Pe atunci îl consideram ca făcând parte din șarmul fostului meu soț.

La câteva minute întrerupea discuția și iar mă cântărea și mă pipăia din priviri ca un geambaș. Mai lipsea să-mi verifice și dinții. Mă privea ca pe un material biologic viu capabil să-i ofere un copil sănătos și frumos. Acest lucru l-am înțeles abia mai târziu. Eu mă mândream că aveam atâtea calități încât reușisem să atrag atenția unui bărbat atât de inteligent. Am început să ne vedem regulat, o dată la câteva zile. Nu m-a sărutat și nu a încercat nimic. La a treia întâlnire, după ce mi-a oferit o porție delicioasă de complimente, mi-a spus că, deși nu obișnuia, ar dori să-mi ceară o favoare.

Cred că i-am confirmat printr-un limbaj al trupului. Nu-mi aduc aminte să-i fi spus un „Da!" hotărât. Nu am apucat să mă dezmeticesc bine că m-am și trezit cu două genți de voiaj în mână, pe care m-a rugat să le țin la mine câteva zile. Spunea el că sunt niște lucruri importante de-ale mamei lui și că ușa de la intrarea casei i s-a cam stricat, iar, dacă cineva ar fi forțat-o, ar fi pătruns cu ușurință în dormi- torul în care ținea tot felul de amintiri. „Au o valoare morală obiectele din geantă. Dacă le vinzi, nu iei mare lucru pe ele." Și iarăși și-a afișat acel râs dezgustător.

Le-am luat fără să mă gândesc la consecințe. O femeie tânără și delicată nu ar fi trezit prea mari suspiciuni nimănui chiar dacă în genți puteau exista lucruri periculoase care m-ar fi putut arunca ani de zile într-o temniță rece. Eram fericită că-l pot sprijini pe Victor. Alături de el aveam un sentiment pe care mintea mea îl interpreta ca fiind cât mai aproape de cuvântul iubire. Nu și inima. Aveam o senzație falsă de independență când eram cu el, dar adevărul era că o femeie încuiată într-o cameră ar fi fost mult mai liberă decât mine.

Pe la el pe acasă ajungeam rar. Ne întâlneam în câte un local. De câte ori ne vedeam, el întreba dacă am văzut ceva suspect înainte să ajung la întâlnire. Eu îl priveam cu un zâmbet naiv și-l asiguram că totul este așa cum ar trebui să fie.

Din punct de vedere fizic nu se întâmplase încă nimic între noi, iar eu puneam asta pe seama calității lui de gentleman desăvârșit. Relația dintre noi era mai degrabă ca cea dintre o angajată și patronul ei decât dintre doi iubiți. Duceam și aduceam tot ce-mi dădea el în genți, în valize sau în pachete prinse într-o hârtie albă. La anumite perioade mă suna să ies afară din casă și doi bărbați, care păreau lipsiți de emoții, luau pachetele și plecau cu o mașină mică și galbenă.

Nu mi-am permis niciodată să-l întreb pe el ce s-ar putea afla în acele genți, deși curiozitatea mă punea la mari încercări. La un moment dat am tras fermoarul unei genți ca să privesc înăuntru. Inima îmi bătea să-mi sară din piept. În acel moment am și primit un telefon de la el. Mi-a spus:

„Cred că nu o să te apuce vreodată curiozitatea să te uiți în lucrurile mamei mele! Oricum eu te-aș ierta, dar ea s-ar supăra foarte tare."

Am simțit că mor în acel moment. De unde știa? Chiar mi se părea un bărbat puternic. Frica asta mă făcuse și mai dependentă de el.

– Ai apucat să te uiți în geantă?

– Îți dai seama că nu am mai avut curaj. Mă domina prin orice cuvânt și orice gest. Locuiam cu o colegă și aveam camera cu intrare separată, deci puteam foarte bine să intru și să ies ori de câte ori doream cu acele pachete și genți. Odată colega mea de apartament m-a văzut și mi-a spus că și-ar dori și ea să-și cumpere atât de multe lucruri. Am zâmbit doar și am intrat ușor în cameră. A fost prima și singura dată când am dat nas în nas cu cineva de când mă ocupam de căratul acelor colete.

Victor îmi făcea câte un cadou frumos din când în când. Un parfum sau o rochiță pe care eu trebuia s-o îmbrac la următoarea întâlnire cu el. Când ne vedeam, mă pupa pe obraji și mă strângea ușor în brațe, de complezență, de parcă eram o nepoată de-a lui pe care nu o mai văzuse de ceva timp.

Cătălina mai comandă o cafea cu lapte și, după ce se gândi câteva momente, continuă povestea despre fostul ei soț.

– Evident că nu am rămas mult timp îndrăgostită. Victor era un bărbat mărunt și gras care-și ascundea corpul lat în niște costume largi pe care și le lua așa dinadins. Spunea că adevărații afaceriști trebuie să dea mereu impresia că sunt relaxați, iar hainele strâmte te fac să te simți încorsetat. Un bărbat relaxat, spunea el, va radia în jur o încredere de nezdruncinat în propria lui persoană și atunci toate îi vor merge ca pe roate.

De câte ori spunea asta, râdea într-un mod tâmp, de parcă acest râs îi aducea un element de personalitate în plus. Avea o chelie generoasă, iar singurul tip de păr care se afla pe capul lui își ducea efemera existență pe ceafă și două degete lățime pe laterale, deasupra urechilor.

Trăia mereu cu impresia că o barbă lăsată nerasă de trei patru zile aduce o notă de imagine în plus figurii lui pe care o considera, citez: „O figură tipic masculină.” Ori de câte ori vorbea despre un alt bărbat, găsea un termen de comparație între figura acestuia și figura lui. „Îmi place de el, are o figură tipic masculină, ca a mea” sau „Nu-mi place de el, nu are figură tipic masculină, așa cum am eu.”

Chestia asta mă scotea din minți. La început părea o glumă și o luam ca atare, dar, după ce spunea expresia asta de câteva zeci de ori, simțeai nevoia să te arunci de la etajul zece al unei clădiri, doar pentru a avea siguranța că nu vei mai avea ocazia de a auzi așa ceva.

– Se pare că erai îndrăgostită lulea de soțul tău, spuse Daniel zâmbind.

– Și asta nu era tot. Soacră-mea, o femeie uscată, gârbovită și înaltă, îl pupa pe frunte de câte ori venea în vizită. Era o femeie credincioasă și nu uita să-i mulțumească Domnului și cerului că avea parte de un băiat așa de reușit. În timp ce-l pupa, zăbovea câteva secunde bune cu buzele pe creștetul lui de parcă era ultima oară când îl vedea. Se uita la mine și mă întreba mai mult ca o confirmare:

„Vezi ce băiat chipeș am?” și mă fixa cu ochii ăia apoși până dădeam din cap în semn că da. Apoi, continua mulțumită: „Acum pot să mor liniștită. Am lăsat ceva bun pe pământul ăsta.”

Discuția asta se repeta o dată la două săptămâni, când venea în vizită la noi. Ea spunea că va muri împăcată, deşi plesnea de sănătate, iar lui îi spunea mereu că este cel mai chipeş bărbat, deşi nimeni nu vorbea aşa despre el. Îl privea de parcă doar ce coborâse de pe podiumul de prezentare de la casa Giorgio Armani.

– Tatăl lui nu mai trăia? întrebă Daniel.

– Eu nu l-am cunoscut. Spunea că într-o noapte i-a stat inima. Când venea vorba de fostul ei soţ, femeia se chinuia să verse nişte lacrimi care se încăpăţânau mereu să apară pe obraji. Căpăta o figură constipată şi adăuga iar, pentru a mări tensiunea momentului: „De-ar mai fi trăit şi el să vadă ce băiat minunat avem...”

Cătălina îşi povestea viaţa cu o scârbă în glas de parcă ar fi trăit ani de zile pe sub pământ, între gunoaie.

– El adormea, de obicei, înaintea mea. Îl priveam şi îmi venea, uneori, să-l sufoc cu perna. Nu se culca îmbrăcat în pijama. Dormea în chiloţi şi într-un tricou care era mereu mult prea scurt.

Daniel zâmbi din nou.

– Se îmbrăca mereu la culcare cu acelaşi tricou?

– Nu, avea vreo patru sau cinci. Diferite culori. Nu le mai suportam. Indiferent de culoare. Le luase de la un târg la reducere cu 70%. Era mereu zgârcit când venea vorba de cheltuieli. Ce mă scotea din minţi era faptul că toate aceste tricouri erau prea scurte. De când le cumpărase, observase asta, dar pentru el se pare că nu constituia un impediment.

„Lasă că nu mă caută nimeni noaptea când dorm. Nu prezint moda!” spunea el.

Închipuieşte-ţi să dormi cu acest bărbat în fiecare noapte şi să fii obligată să-i admiri burta. Forma aceea care ieşea şi mai tare în evidenţă în timpul somnului. Zici că voia să-mi facă în ciudă. Dormea mereu pe spate. Ombilicul lui avea o formă bizară. Ziceai că-i un sfârc. Chestia asta mă înnebunea.

Când adormea, începea un sforăit ciudat de parcă râdea de mine. Omul acesta mă înjosea şi când era treaz, dar şi când dormea. Horcăia cu gura deschisă şi speram ca într-una din seri să înghită o insectă, ceva. M-aş fi simţit şi eu răzbunată cât de cât.

Felul în care îşi ţinea ochii închişi îţi dădea impresia că este mereu la pândă şi vânează momentul în care voi face o mişcare greşită. Când se mai învelea, uneori, îmi răpea plăcerea de a-i admira burta aceea pe care şi-o lăuda în faţa prietenilor, cum prindea ocazia. Nu scăpam de coşmar nici când se învelea. Indiferent cât de mult trăgea pătura peste el până la gât, ca să nu-i fie frig, găsea o modalitate să-şi scoată mâinile şi să şi le odihnească pe piept cu palmele una peste alta. Aveam impresia că sunt la un priveghi.

Ziceai că i se descompunea figura şi se urâţea tot mai tare cu fiecare seară în care-l priveam. Cum naiba nu văzusem toate astea atunci când l-am cunoscut? Ori arăta el mai bine, ceea ce e puţin probabil ţinând cont că în poze arăta la fel, ori dragostea orbeşte şi prosteşte o femeie. Mă simţeam ca şi când aş fi purtat nişte ochelari cu lentile de culoarea roz pe care i-am pierdut sau care s-au decolorat. Toate defectele acestui bărbat se înghesuiau dintr-odată şi doreau să-şi facă simţită prezenţa.

Figura lui era calmă şi mândră, ca şi când ar fi cucerit lumea cu un singur cuvânt, iar eu, o naivă ce eram, nu puteam să realizez ce bărbat de calitate aveam lângă mine. Într-una din seri am aprins lanterna telefonului şi am început să-i studiez figura. Îmi doream să găsesc acolo ceva care m-ar fi putut atrage pentru a avea de ce să rămân alături de el în continuare. Căutam o formă a buzelor, a nasului, o arcuire a sprâncenelor care să mă facă să mă reîndrăgostesc de el. Mă uitam în lumina telefonului după o insulă salvatoare de pe figura soţului meu care să mă facă să-mi doresc să înot spre ea pentru a-mi salva căsnicia şi fericirea.

Chiar şi supus acestei analize, el părea foarte împăcat şi mulţumit de el însuşi. Am oftat de parcă tocmai ce-mi şoptise cineva, în care aveam mare încredere, că sunt ancorată în cea mai nepotrivită relaţie. Nici acel oftat nu i-a şters zâmbetul tâmp şi mulţumit de pe faţă. Şi, dacă m-aş fi spânzurat şi medicul legist l-ar fi trezit să-i spună acest lucru, sunt sigură că s-ar fi culcat la loc, la fel de mulţumit. În acea noapte am luat o decizie. Nu puteam să fac un copil cu acest bărbat. Ar fi căpătat toate acele trăsături pe care eu le uram la el din suflet. Prin urmare, mi-aş fi urât copilul. Trebuia să mă despart de Victor. I-am spus acest lucru a doua zi după ce m-am trezit.

Femeia tăcu. Își aprinse o țigară și scoase fumul pe nas și pe gură în același timp. Privirea ei era fixată undeva între ea și Daniel. Un spațiu neutru care nu aparținea nimănui. Era un loc în care femeia își vedea trecutul ca într-un glob de cristal. După ce privi la globul invizibil jumătate de minut, își continuă povestea:

– A doua zi i-am spus cât mai frumos cu putință că simt că nu mai merge relația între noi și că aș vrea să ne separăm. Atunci și-a început șarada:

„Cine te crezi de ai început să decizi ce merge și ce nu? O curvuliță amărâtă care mai are și pretenții. Tu nu-ți cunoști locul!" După care s-a apropiat de mine și a urlat: „O să pleci când voi considera eu."

Ochii îi ieșeau din orbite. Venele de pe gât i se transformau în funii. Mă stropea cu scuipat în față în timp ce-mi perora inferioritatea naturii mele de femeie lipsită de apărare și incapabilă să rămână pe propriile picioare. Am închis ochii, așteptând o palmă care nu a mai venit până la urmă.

Dacă altădată aș fi izbucnit în plâns, acum stăteam centrată în propria mea suferință, așteptând să treacă această avalanșă de jigniri. Parcă era posedat. Era prima dată când mi se făcuse teamă pentru viața mea. M-am gândit să strig după ajutor, dar nu avea niciun rost, căci nu m-ar fi auzit nimeni în acea casă. Stăteam izolați pe un deal. Primul vecin se găsea la o distanță de doi kilometri. După câteva minute și-a încetat zbieretele și a schimbat registrul vocii:

„Mai dă-mi, te rog, o șansă. Știi că nu-s băiat rău."

Chestia asta m-a enervat și mai tare. Îmi doream să plec cât mai repede din casa aia blestemată care-mi răpise câțiva ani din tinerețea și frumusețea pe care le-aș fi putut dărui unui bărbat adevărat, nu acelui țicnit.

M-am mutat din acel cămin nepotrivit pentru mine și, împreună cu actele de divorț, am primit și o poză cu un porc. Lângă ea scria: „M-am purtat exact ca el. Sper să mă ierți."

Dacă altădată m-ar fi înduioșat o astfel de atitudine, acum îmi provoca doar greață.

— Când s-a întâmplat asta? întrebă Daniel.

— Acum cinci ani. Așa mi-am câștigat eu libertatea. Confruntându-l pe călăul care-și transformase victima în soție.

— Acum trei ani m-am căsătorit eu, spuse încet și cu părere de rău Daniel.

Comportându-se ca și când n-ar fi auzit nimic, femeia începu să povestească bărbatului cât de fericită se simțea de atunci. Începuse să cunoască și alți bărbați. Dacă Victor i se păruse total nepotrivit, ea începuse să împrumute noilor bărbați din viața ei calitățile pe care ea și le-ar fi dorit ca ei să le dețină. În scurt timp realitatea îi demonstrase că bărbații sunt cam toți la fel și asta o făcea să renunțe la ei așa cum îi și acceptase în viața ei: fără prea multe discuții.

Daniel ar fi vrut să povestească și el câte ceva despre experiențele trăite. Despre aventurile și despre împlinirile amoroase, dar nu avea nimic de spus despre ele. Se purta de parcă le ascundea de urechile femeii din fața lui. Adevărul era că nu avea ce să ascundă.

I-ar fi plăcut să îi spună și el cel puțin tot atâtea povești pe cât era ea pregătită să istorisească. Să transforme acea discuție într-un joc de șah în care fiecare mutare putea fi contracarată cu o mutare și mai îndrăzneață. Mai plină de substanță și mai bine gândită din punct de vedere strategic. Însă piesele lui Daniel rămâneau pe loc nemutate, în timp ce Cătălina înaintase deja periculos. În scurt timp partida se putea termina, oprind orice șansă a bărbatului de a-și face simțită prezența în acea discuție.

În ceea ce o privea pe femeie, ea se simțea flatată de faptul că era ascultată atât de intens. Așa cum nu o mai ascultase nimeni. Simțea că era pentru prima dată în viața ei când avea cu adevărat ceva de spus. În timp ce vorbea, se relaxa tot mai mult și vocea îi răsuna mai clar și mai natural. Părea că făcea paradă cu acea abundență a cuvintelor. Ca un bogătaș care nu-și mai încape în piele de bucurie atunci când îi cumpără amantei o bijuterie extrem de scumpă.

Bărbatul o țintuia cu privirea și în mintea lui prindeau contur numeroase aventuri şi fantezii pe care le-ar fi trăit fără nicio remuşcare cu această femeie. I-ar fi oferit cu plăcere dovezile unei pasiuni care ar fi dus-o pe Cătălina undeva departe, mult mai sus de banalitatea vieții în care se scaldă cei mai mulți. De acolo, de sus, ar fi privit în jos împreună cu el la naivitatea pe care ar fi lăsat-o în urmă şi ea i-ar fi mulțumit de mii de ori pentru acest lucru.

Îşi imagina cum ar fi arătat chipul ei după ce ar fi făcut dragoste o noapte întreagă. Ar fi vrut să-i promită că, datorită lui, vor fi primul cuplu care nu va cunoaşte niciodată falimentul amoros, dar ce femeie mai credea în promisiunile unui bărbat?

În cele din urmă, Daniel începu să vorbească.

– Cătălina, aş vrea să-ți spun şi eu o poveste.

– Acum?

– Da. O să înțelegi de ce...

– Nu crezi că sunt cam mare pentru poveşti?

– Nu şi pentru cele de genul ăsta.

– Ascult...

– A fost odată un băiat care se întreba mereu dacă el o să-şi găsească perechea potrivită. Era un băiat normal. Nu aş putea spune că excelase în şcoală la vreo materie sau la vreo disciplină sportivă. Însă el avea o pasiune. Poate îți pare ciudată pasiunea asta a lui. De când avea 12 sau 13 ani, îi plăcea să privească atent cuplurile care treceau pe lângă el.

Nu ştia nici el de ce, dar i se părea că cele mai multe dintre ele erau nepotrivite. Ori era ea prea frumoasă şi el deloc, ori el era plin de energie şi ea abia mergea alături de el, ori era o diferență vădită de atitudine între ei. Sau felul în care se țineau de mână părea forțat şi exprimau acel sentiment care te face să te simți stingher chiar şi atunci când eşti alături de cineva.

– Interesant fel de a vedea lucrurile. Şi mie mi se pare că...

– Încă nu am terminat, Cătălina. Într-o zi trecea pe lângă un cuplu care transmitea cu adevărat armonie în jur. Rămăsese fascinat de felul în care se priveau cei doi. Era o comunicare non-verbală între ei. Niciunul nu au scos vreun sunet atunci când trecusără pe lângă băiat, însă păreau în continuă conexiune unul cu celălalt. Era un limbaj al tăcerii şi al privirii. Acel limbaj părea mai explicit ca orice alt zgomot pe care îl fac oamenii în dorința lor de a se face înțeleși și auziți. Era un limbaj al inimii. Băiatul observase că toți oamenii întorceau capul după acel cuplu.

– Erau frumoși?

– Nu aș putea spune că frumusețea era punctul lor forte. Băiatul întâlnise înainte cupluri mult mai armonioase din punct de vedere fizic. Unii chiar păreau perfecți. Ca doi actori de cinema. Cuplul acesta avea o frumusețe venită parcă de pe alte meleaguri.

Mult timp după aceea, băiatul se gândea ce bine ar fi să găsească și el o fată care să i se potrivească așa cum se potriveau cei doi. Dacă el nu ar fi avut norocul ăsta, ar fi fost obligat să trăiască toată viața în singurătate? El nu era genul care să intre într-o relație doar de dragul de a scăpa de singurătatea socială.

Daniel tăcu o clipă. Privi la un pliculeț de zahăr de pe masă de parcă ar fi găsit acolo continuarea poveștii. Spuse mai departe:

– Când avea vreo 17 ani, se dusese la un prieten care se mutase cu familia într-un alt oraș. Făcuse cu trenul vreo două ore până la el. S-au îmbrățișat și s-au bucurat că mai puteau petrece ceva timp împreună, deși nu mai locuiau în același loc. Pe la 8 seara se duse înapoi la gară pentru a se întoarce acasă.

De la masa de alături se auzeau râsete. Un grup de tineri care sărbătoreau ceva. Unul dintre ei scăpase un pahar. Zgomotul cioburilor împrăștiate pe podea nu reușise să distragă atenția celor doi. El se gândea la poveste, iar ea stătea concentrată la gura lui, așteptând continuarea.

– Daniel? întrebă încet Cătălina. De ce mă urăști?

Spune-mi continuarea!

– Când a văzut-o în sala de așteptare a gării, inima băiatului părea ca s-a oprit. A simțit o cădere în gol. Un abis fără fund. Nu avea de ce să se prindă, dar nici nu voia asta. Trăia extaziat acea cădere. Nu-și dorea să se mai termine vreodată.

Ea citea o carte. Era Sărbătoarea continuă a lui Ernest Hemingway. Simțea privirea băiatului care o ardea ca o lupă ținută în bătaia soarelui. Închise cartea și se uită la el. Băiatul nu știa ce simțea ea, dar observase că ei i se luminau ochii. Fata începu să se fâstâcească.

El se apropie de ea. Era perfectă. O fată normală, dar avea

calitatea de a-l fascina în cel mai misterios mod cu putință.

...

— Aș putea să-ți vorbesc două minute? i se adresă Daniel fetei. Vorbele ieșeau foarte greu din gură. Parcă cineva îl gâtuia. Era o fată de vârsta lui. În jur de 17 ani. Ce putea să i se întâmple? Cel mult se putea face de râs față de ea și față de ceilalți oameni care așteptau în acel hol venirea trenului.

Ea îi întinse mâna pentru a o ajuta să se ridice. Băiatul o apucă atât de natural, de parcă era a suta oară când o făcea. Era ca într-o transă indusă de puterea dragostei.

— De ce m-ai scos afară?

— Nu știu dacă o să mă crezi, dar simt că ești fata perfectă pentru mine. Nu știu cine ești și cu ce te ocupi. Nu știu nici măcar cum gândești. Știu doar că atunci când te-am văzut, parcă am ajuns acasă. Acolo unde ești așteptat de cei dragi cu prăjituri și zâmbete. Știu că poate par nebun, dar încearcă să mă înțelegi.

— Eu sunt Cătălina, îi spuse, și nu pot să te contrazic cu nimic. Așa cum tu nu poți dovedi ceea ce simți, nici eu nu pot dovedi că minți. Poate o să râzi, dar și eu cred în suflete pereche.

— Ai vrea să ne plimbăm?

— Ar fi trebuit să ajung acasă, dar pot suna și să le spun alor mei că rămân la o prietenă.

Fata stătea într-un oraș diferit de cel în care stătea băiatul. Amândoi aveau prieteni în această localitate, în care așteptau acum trenul.

S-au luat de mână și au plecat. Ce nevoie mai aveau de gară? Se aveau unul pe celălalt. Vorbeau câte în lună și în stele. Erau atât de naturali încât nu simțeau că ar avea nevoie să facă ceva special pentru a ieși în evidență. Niciunul dintre ei. Discutau despre mâncărurile preferate, despre școală, despre ce așteptări au de la viață, despre ce înseamnă fericirea pentru fiecare dintre ei. Doi adolescenți care trăiau o seară irepetabilă.

Genul de seară pe care cei maturi o caută în zadar ani de zile, căci primul fior al iubirii are o putere specială, pe care al doilea sau al treilea fior nu îl vor avea niciodată. Puterea celui de-al doilea și al treilea fior păleşte în comparaţie cu forţa celui dintâi. Următoarele par a fi nişte imitaţii ieftine ale celui original.

Străbăteau fiecare străduţă din oraş. Erau fascinaţi până şi de trotuarele gri şi anoste pe care oamenii călcau în fiecare zi. Pentru ei, erau speciale. Erau încântaţi de toată acea lumină care se revărsa peste ei şi pe care ceilalţi nu o puteau vedea.

Băiatul se gândea că acum exprimau şi ei în jur acea armonie pe care el o observase la acel cuplu în urmă cu ceva ani. Realiză asta când înţelese că oamenii îi priveau cu admiraţie.

– Ai bani la tine? îl întrebă Cătălina.

– Am câţiva. Depinde ce vrei să luăm.

– Hai să luăm o cameră la hotel! Nu aş vrea să apelez la prietena mea. O să-mi ceară explicaţii şi curiozitatea ei nu se va opri niciodată.

– Dar nu ştiu dacă putem. Dacă ne cere un act de identitate, se poate observa că nu suntem majori.

– Lasă-mă pe mine, că mă descurc.

Ajunseră la un hotel destul de drăguţ. Ea intră şi-i spuse recepţionerului:

– Un prieten de-al meu a fost săptămâna trecută aici la voi şi mi-a spus că a fost nemulţumit de faptul că apa nu avea deloc presiune la duş. As dori să văd şi eu o cameră înainte să mă hotărăsc dacă rămân sau nu.

Surprins, recepţionerul îi dădu cheia ca să urce să vadă o cameră. După zece minute fata coborî mulţumită.

– Vă plătim când plecăm, nu?

– Sigur, nu este nicio problemă.

Fata făcu cu ochiul băiatului şi dădu din cap că poate să urce şi el.

Băiatul urcă treptele hotelului după fată şi intră în cameră în urma ei. Ea părea relaxată. El avea inima strânsă de emoţie. Nu ştia ce va urma. Camera hotelului era micuţă şi sărăcăcios mobilată. Două paturi, un fotoliu şi o măsuţă. Paturile erau atât de înguste, încât nu s-ar fi simţit confortabil nici măcar o singură persoană, darămite două aşa cum băiatul îndrăznea să se gândească.

– Ajută-mă să unim paturile, i se adresă ireverenţios fata.

Cu un scârţâit infernal făcut de picioarele de fier ale paturilor pe dușumeaua lipsită de covor, cei doi apropiară paturile atât cât se putea de mult. Între ele era încă destul loc și băiatul nu-și închipuia în ruptul capului cum s-ar putea odihni cineva în ele. Era mai bine dacă le-ar fi lăsat separate.

— Vezi că în hol este un șifonier. Caută acolo că poate găsești o pătură.

Băiatul se duse și căută în micul șifonier și se întoarse cu o cuvertură verde din lână. O făcu sul și o îndesă în marginea dintre cele două paturi. Era un pic mai bine.

Fata se duse să facă duș și băiatul se așeză în fund pe fotoliu. Auzea prin pereții subțiri zgomotul dușului și vizualiza cum șuvoiul de apă cuprindea umerii, brațele, sânii, fundul și picioarele fetei. Și-ar fi dorit să fie și el acolo în baie cu ea. Dacă nu să facă duș cu ea, măcar s-o privească.

Nu era destul de experimentat încât s-o poată convinge să-l lase să facă asta și nici destul de curajos încât să-i ceară în mod evident lucrul acesta. Băiatul se simțea în acea cameră ca un turist ajuns într-o țară a cărei limbă nu o știa deloc. Se simțea debusolat. Ce îi va spune în continuare fetei?

Întrebările nu au mai avut timp să prindă rădăcini în mintea lui, căci Cătălina ieșise de la duș înfășurată într-un prosop mare care îi lăsa liberi umerii. În mână ea ținea un alt prosop mai mic cu care își ștergea părul într-un mod foarte energic. Se îndreptă către fereastră. Privea în depărtare către un punct care se pare că era destul de interesant încât să-i atragă atenția. În tot acest timp își ștergea părul ud și la o perioadă își lăsa capul în față pentru a cuprinde cât mai mult păr în prosopul cel mic, care era deja foarte ud.

Băiatul stătea în spatele ei și simțea că o dorește atât de tare, încât s-ar fi blocat dacă ea i-ar fi cerut sau i-ar fi dat de înțeles că vrea să facă dragoste cu el.

— Vrei să-ți aduc un alt prosop uscat? i se adresă el.

— Te referi la cel mare? se întoarse și-l întrebă ea, privindu-l in ochi, iar băiatului i se păru că întrebarea nu avu nici cea mai mică urmă de glumă în ea.

— Cel pentru păr, bâigui el cu un zâmbet prost schițat.

– De ce nu?

Băiatul îi întinse un alt prosop și fata îl pupă pe obraz drept mulțumire. Un pupic care-l descurajă pe băiat, căci nu avea nimic erotic în el. Un sărut lipsit de componență sexuală. O confirmare a unei prietenii, mai degrabă, decât un acord tacit al unei dorințe carnale dintre doi iubiți.

O privea cum stătea în fața lui atât de relaxată și degajată, având sentimentul că totul îi mergea așa cum își plănuise. El era atât de încordat și de lipsit de inițiativă, încât se gândea că nu o merită.

Începu să înțeleagă de ce-l atrăgea atât de mult această fată. Ziceai că în ea își duceau existența două ființe în același timp: o puștoaică și o femeie. Percepea în ea inocența și voluptatea, fidelitatea și trădarea, rușinea și dorința de a fi privită, moralitatea și viciul.

Dorința lui de a o îmbrățișa era atât de mare, încât îl durea. Regreta nespus că nu știa ce ar fi putut spune în astfel de momente. Pentru el, femeile erau la fel de neînțelese precum sunt munții în mintea celor care nu i-au văzut nici- odată. Doar niște concepte care nu oferă nimic concret. Băiatul mai avea multe de învățat. Dacă l-ar fi lăsat să o atingă măcar câteva secunde... Nu ar fi fost mult, dar l-ar fi împlinit profund acest lucru.

Se gândea la un lucru interesant. Calitatea trăirilor crește mereu invers proporțional cu perioada de timp în care le experimentezi. Pe scurt, nu avea nevoie de o noapte întreagă pentru a simți fericirea alături de ea. Citise într-o carte că la femei este exact invers. Dacă un bărbat se grăbește în relația cu ele, acesta va pierde întotdeauna.

Cătălina interveni între gândurile lui și le înfrânse elanul.

– Dacă te mai holbezi atât de mult la mine, o să faci ulcior la ochi.

Râseră amândoi și el se supără din nou pe faptul că nu era mai tupeist. Avea un prieten care nu ar fi ratat o astfel de ocazie. El ar fi știut ce să spună și să facă în astfel de momente care pentru el erau doar stânjenitoare.

– Întoarce-te cu spatele că vreau să mă îmbrac, îi spuse pe un ton vesel fata.

El se întoarse ascultător și-i trecu din nou prin minte că, dacă ea ar fi dorit să fie singură, s-ar fi dus în baie. Nu cumva era o invitație subtilă făcută doar ca el să acționeze în mod contrar? Adică să se întoarcă în timp ce ea se schimba? Atâtea voci interioare se zbăteau în mintea lui că băiatul nu știa pe care s-o asculte mai repede. Corpul ei avea un fel subtil de a spune da, în timp ce privirea fetei îl țintuia pe băiat în colțul opus al camerei. În cele din urmă, alese calea cea mai ușoară. Nu făcu nimic. Lăsă ca lucrurile să se întâmple de la sine.

După ce se îmbrăcă, fata se urcă în pat și trase peste ea cealaltă cuvertură disponibilă.

– Și eu cu ce mă învelesc? întrebă cu puțin curaj băiatul.

– Îți dau voie să te învelești cu aceeași pătură, dar cu o condiție.

– Să mă dezbrac?

Fata făcu ochii mari surprinsă de aplombul neașteptat al lui. Se părea că nu-i displăcu această replică, dar schimbă imediat registrul discuției cu un refuz. Doar era femeie.

– Dacă faci asta, o sa dormi la recepție. Condiția este să nu depășești pătura care unește paturile.

– Și atunci de ce le-am mai unit?

– Bună întrebare, dar am făcut-o doar pentru a dormi mai confortabil.

– Bine, mormăi băiatul, dar nici tu nu ai voie să-mi invadezi teritoriul.

– Ți-ai dori tu să fac asta!

Se băgă în pat lângă ea și se înveli cu aceeași pătură care se încălzise deja de la corpul ei. Rămaseră întinși pe spate iar ea îl apucă de mână. Discutau despre lume și despre planurile lor de viitor. Despre destin și oameni fericiți. Despre ciocolată și muzică bună.

Au adormit așa. De parcă se cunoșteau de când lumea...

•••

Cătălina ascultă povestea și câteva lacrimi i se iviră în lumina ochilor.

– Se pare că soarta este mereu împotriva noastră, nu?

– Da, și eu care credeam exact contrariul. Când ne-am despărțit atunci, eram doar nişte adolescenţi. Tu mi-ai spus că totul era prea frumos şi...

— Şi că, dacă ne este menit să fim împreună, ne vom reîntâlni, completă Cătălina.

— Da. De întâlnit, ne-am întâlnit, dar era de fiecare dată ori prea devreme, ori prea târziu.

— Nu te-am recunoscut când te-am văzut atunci la concert. Tu ţi-ai dat seama că sunt tot eu?

— Am realizat după ce ne-am despărţit în acea seară. Când mi-ai spus că trebuie să plec din apartamentul prietenei tale.

— Cum ţi-ai dat seama?

— Ai un semn distinctiv care te va da de gol întreaga viaţă. Pe ceafă ai un fel de floare. Este ceva unic...

— Da, am acel semn din naştere. Îl pot vedea doar cei care îmi dau părul la o parte. Este particularitatea mea.

Este pielea mai închisă la culoare în acea zonă. Şi acum ce rămâne de făcut?

— Chiar nu ştiu. Cu siguranţă ne-am schimbat de atunci. Avem alte obligaţii. Am luat alte decizii. Pe care ar trebui să le respectăm, nu?

— Daniel, uneori m-am întrebat ce s-ar fi întâmplat dacă am fi rămas împreună de prima dată.

— Sau a doua oară, zise el.

— A doua oară nu era posibil. Ştii foarte bine acum. Eram măritată. Faptul că te-am revăzut şi că am simţit ceva pentru un alt bărbat m-a făcut să cred că trăiam o minciună.

— Şi asta cu ce mă ajută pe mine? spuse foarte încet bărbatul.

— Ai spus ceva?

— Da. Asta cu ce mă ajută pe mine? repetă Daniel tare şi cu putere.

— Voi, bărbaţii, sunteţi foarte egoişti. Trebuie să aveţi mereu ceva de câştigat.

Simţindu-se încolţit, Daniel schimbă repede subiectul.

— L-ai iubit vreodată pe soţul tău?

— Nu cred! Iubeam poate doar ideea de a fi cu cineva. După o clipă de tăcere, Cătălina îşi continuă ideea.

– Ce fel a sunat răspunsul meu! La o întrebare simplă eu am spus „nu cred". Crezi că este cineva capabil să spună că iubește și să nu se înșele asupra acestui aspect?

– Cred că nu, spuse și Daniel, deși vru să spună contrariul. Cătălina l-ar fi întrebat de unde știe asta, iar el ar fi trebuit să dea răspunsul în care credea. Cum ar fi putut să-i spună: „Da, eu știu sigur că te iubesc. Am făcut-o din prima zi în care te-am cunoscut. Atunci când am stat o noapte întreagă și ne-am ținut de mână, privind la tavanul ăla idiot care mie mi s-a părut cel mai frumos tavan din lume doar pentru faptul că erai lângă mine."

L-ar fi crezut dacă i-ar fi spus mai departe că privirea tuturor femeilor are aceeași temperatură pentru el? În schimb, privirea ei îl arde. Simte că-l purifică de tot răul și de toată suferința care și-au găsit culcuș în inima lui. Cu siguranță nu l-ar fi crezut. Mai ales că mereu s-a descotorosit de el, așa cum te descotorosești de un șervețel cu care ți-ai șters ochelarii. Când au devenit suficient de curați, arunci șervețelul. Nu te atașezi de el. El te-a ajutat doar să vezi mai bine realitatea. Așa a fost și el pentru Cătălina. O ajutase să înțeleagă ce anume vrea mai departe pentru viața ei. În niciun caz pe el.

Deodată rămaseră într-o liniște deplină. De parcă terminaseră de spus tot ce le stătea pe limbă. Epuizaseră toate resursele verbale pe care le puteau utiliza pentru a forma o conexiune între mințile și sufletele lor.

În scurt timp tăcerea deveni deja intolerabilă pentru cei doi. Era o liniște care parcă se transforma în zgomot și într-o furie care se răzbuna pe ei, pentru că au dat cu piciorul tuturor șanselor pe care le-au avut până acum.

Daniel încercă să rupă acea liniște, dar nu cu ajutorul vreunui sunet, ci folosindu-se de mâna dreaptă pe care o întinse pe masă spre Cătălina. Fără să-l privească în ochi, femeia răspunse acestui gest cu unul asemănător. Îi atinse mâna, dar cu un soi de teamă. De parcă Daniel ar fi putut-o curenta în orice moment, iar ea dădea dovadă de multă precauție.

– De ce nu ai întins mâna stângă? Crezi că verigheta te-ar fi făcut să te simți un trădător?

Daniel fu deranjat de această remarcă și o arătă printr-o grimasă scurtă, dar destul de convingătoare. Nu se gândise la așa ceva. Întinse mâna dreaptă pentru că era dreptaci și chiar își dorea să aibă un contact fizic cu această femeie.

— Cerem nota? întrebă bărbatul cu o voce gâtuită de parcă ar fi vorbit într-un balon.

Văzând că a fost deranjat, ea adăugă.

— Îmi pare rău! Nu am vrut sa fiu răutăcioasă, dar...

— Faptul că sunt însurat nu mă face mai vinovat decât tine. Și tu erai măritată când ne-am văzut ultima oară. Așa s-au întâmplat lucrurile. Dacă vrei, te pot minți, dar adevărul este că te-am dorit din prima clipă în care ne-am văzut. Mai ales în noaptea aceea la hotel în care stăteai în fața mea înfășurată în prosopul ăla meschin. Dacă îmi pot reproșa ceva, este faptul că eram lipsit de experiență și te-am lăsat să pleci. Ar fi trebuit să te conving că lângă mine ai fi putut trăi fericită.

Ea îl privi cu o umbră de îndoială, întrebându-l din priviri cum de era așa sigur.

— Sau cel puțin mult mai fericită decât ai fost lângă Victor, adăugă Daniel pentru a mai îndulci promisiunea și a o face să pară mai apropiată de realitate.

•••

De fiecare dată când era părăsit de Cătălina, el se simțea ca un cerșetor care câștigase la tombolă o cină în cel mai luxos restaurant din lume. Apoi, la ora 12 noaptea, era scos afară pe brațe de către bodyguarzi. Nici măcar nu era rugat să plece. Revenea într-un mod brutal la realitatea și frigul străzii, dar și la senzația că este un vis să trăiești sătul în această lume.

Lui Daniel i se făcu deodată rușine, nu de fanteziile și depravarea erotică pe care le nutrea față de această femeie, ci de faptul că pentru soția lui nu avusese niciodată astfel de gânduri. Doar niște obiceiuri casnice, plicticoase și o pasiune asemănătoare unui vânt ușor de primăvară care nici nu încălzește cu adevărat pe nimeni și nici nu are puterea de a răvăși părul vreunei femei.

– Aveai un tic, îi spuse încet bărbatul.

Ea se uită la el și câteva momente Daniel crezu că femeia nu înțelesese întrebarea. Se gândi să o repete.

– Aveai cândva un...

– Știu la ce te referi, Daniel. Tot tu m-ai făcut atentă și atunci. Îți mai aduci aminte?

– De parcă ar fi fost ieri, îi confirmă el.

Cătălina îi adresă un surâs care se dorea mai fin decât îl afișa.

– În perioada aceea eram foarte stresată. Cred că toate aceste ticuri se formează în momentul în care ceva ne umple sufletul de neliniște. După ce am ieșit din acea relație, am simțit că pot să respir cu adevărat. Când eram cu el, parcă în fiecare zi exista în mine câte un blocaj pe care-l simțeam în diverse zone ale corpului, dar totuși nu exista în corp. Era într-un alt plan pe care nu-l puteam vedea, dar de care știam că-mi făcea rău. Nu știu dacă mă poți înțelege, Daniel.

– Cred că te înțeleg.

– Toate aceste blocaje mă făceau să cred tot mai puțin în mine.

Își țuguie buzele și așeză pe ele, ușor, o țigară. Își scotoci buzunarele și căută o brichetă care se pare că se ascundea în acel moment de ea. Daniel se duse la bar și veni cu un chibrit. Aprinse țigara femeii, iar aceasta, drept mulțumire, continuă să vorbească.

– Prima zi în care am scăpat de acel bărbat și în care am dormit singură, am plâns câteva ore. Era un plâns bun, care îmi spăla toate acele blocaje. Am început să devin eu. Așa cum mă știam. Fără să-mi fie teamă să spun ce simt sau nu. Victor s-a purtat cu mine de parcă îi eram datoare tot timpul cu ceva.

Știam tot timpul că el umbla și cu alte femei. Poate că nu m-ar fi deranjat atât de rău acest lucru dacă m-aș fi simțit iubită. Am fost pentru el doar un moft pe care și l-a împlinit.

Daniel se tot gândea dacă ar trebui să deschidă subiectul sau nu. Îl măcina ceva, încă din primul moment în care o văzuse pe femeie în ziua aceea. Îi era mai degrabă teamă de răspuns, nu de reacția Cătălinei. Îi privea degetul inelar pe care încă se mai afla o ușoară urmă a verighetei pe care o purtase atâția ani și care nu-i adusese femeii nicio fărâmă de liniște, sau poate i se părea...

– Pot să te întreb ceva? Este important pentru mine.

Ea îl asigură din privire că ar putea s-o întrebe absolut orice. Sorbi cu paiul dintr-un cocktail colorat și atenția i se fixă pe cerul pe care se observau câțiva nori negri. Acea zi frumoasă părea amenințată. Ar fi vrut să-i spună lui Daniel „Uite, se pare că o să plouă", dar preferă să tacă. Rămase cu un aer absent ca și când era sigură că, indiferent ce ar fi întrebat-o el, nu ar fi putut fi decât ceva anost.

– În seara aceea, când mi-ai spus că ar trebui să plec, ce anume ți-a displăcut așa de mult la mine?

Cătălina își fixă atenția pe chipul bărbatului și, după câteva secunde, începu să râdă, ca și când s-ar fi iluminat în acel moment.

– Nu-mi spune! Credeai că... Nu reușea să mai vorbească din cauza râsului.

El se simțea în continuare prost, dar așteptă ca femeia să-și explice reacția. Suspina de râs și părea că nu mai avea aer.

– Tu chiar credeai că...

– Da, Cătălina, i-o reteză el. Așa am crezut, după felul în care te-ai comportat. După ce am făcut dragoste, mi-ai spus să plec. Oricare alt bărbat ar fi fost în locul meu, ar fi reacționat la fel de jenat.

Femeia își acoperi fața cu mâna stângă pentru a-și înăbuși râsul, iar dreapta o ridică cu palma deschisă spre bărbat, pentru a-i spune să o lase câteva momente ca să se liniștească. Arăta ca un agent de circulație fără mănuși.

– Daniel, nu din cauză că arăți într-un anumit fel sau din cauză ca ești slab dotat, am avut acea reacție. Crede-mă!

– Sigur nu mă minți?

Ea dădu din cap că nu. Încă era roșie de râs și se uita la el ca la un puștan care doar ce ratase intrarea într-un restaurant și-și lovise capul de geamul curat al ușii care, de fapt, nu se deschidea.

Daniel răsuflă ușurat, însă o făcu încet, ca să nu o atenționeze pe ea cât de important era pentru el acest răspuns. Din acea seară din trecut, ceva se închisese în el și nu vru să se mai deschidă decât mulți ani mai târziu, când o cunoscuse pe soția lui.

Trecuse printr-un fel de tristețe profundă care-l însoțise în fiecare zi și în fiecare noapte. Și în timpul somnului simțea o decepție pe care nu și-o putea scoate din minte. Și asta era cea mai mică problemă. Inapetența sexuală care se agățase de el îl făcu să se teamă că ajunsese impotent. Nu mai avea chef de nicio femeie, deși era tânăr. Le privea pe toate așa cum privești un tablou. Îi admiri frumusețea și atât.

Se gândea că un bărbat poate trăi o viață normală și fără să facă dragoste. Acceptase asta. Până într-o zi, când a simțit că era viu și era capabil de a trăi emoția unei discuții cu o femeie. S-a întâmplat când a ieșit la a doua întâlnire cu soția lui.

•••

– Primisem un mesaj, spuse sec Cătălina după ce se liniști.
Daniel crezu că nu aude bine.
– Un mesaj ai spus?
– Îhî.
– Ce fel de mesaj și, mai ales, de la cine? El îți trimitea mesaje? Când spuse el, arătă cu degetul în sus de parcă se referea la cineva decedat.
– Da. De la soțul meu, spuse femeia, ca o confirmare că el chiar nu mai era printre cei vii. De fapt, de la fostul meu soț.

Bărbatul se uită la ea de parcă tocmai ce-i spusese că se născuse pe Venus. Chipul lui cerea o explicație pe care femeia întârzia să i-o ofere.

– Știu că inteligența nu a fost niciodată punctul meu forte, dar nu văd legătura. Ani de zile am crezut că arăt teribil de rău și din această cauză nu am mai avut curajul să discut cu o altă femeie. Mi se părea că...
– Din când în când primeam un mesaj idiot de la el, veni cu o completare Cătălina.

Daniel ridică sprâncenele atât de mult, încât sub ele ar fi putut încăpea cel puțin două zeci de rânduri de explicații pe care, credea el, era îndreptățit să le primească.

– Suna cam așa: „Ce faci? Să nu-mi trădezi încrederea."
– Și când îți trimitea soțul tău astfel de mesaje?
– Absolut întâmplător. Oricând. Indiferent că era zi sau noapte

sau că aveam ceva de făcut sau nu. Mă simțeam controlată. Era expert în manipularea unei femei naive ca mine. Acum realizez cât de copios se putea distra pe seama mea. Îmi cumpărase un telefon care nici măcar nu era nou. Mi l-a dat și a spus că suntem extrem de norocoși să știm mereu unul de altul. Ce facem și unde suntem. Alte cupluri care au trăit cu o sută de ani înaintea noastră nu au avut un astfel de privilegiu. Omul acesta devenise insuportabil.

Acum mi se face greață numai când mă gândesc că m-a atins.

Era genul de om care te împinge în apă și apoi, de pe mal, îți spune cât ești de norocos că poți să înoți, fiindcă sunt atâtea persoane fără mâini și fără picioare care și-ar dori să facă asta.

Acel telefon mă făcea să mă simt monitorizată cu fiecare pas. Sunt sigură că instalase în el și vreun sistem de urmă- rire. Cred că aș fi îmbătrânit cu două zeci de ani dacă mai stăteam în acea relație încă un an.

– În seara aceea...

– În seara aceea, da. Când am făcut dragoste, stăteam cu o teamă care făcea să-mi înghețe sângele. Știi cum este. De ce îți este teamă, nu scapi. Înainte de acel moment în care tu te-ai simțit penibil că ți-am spus să te îmbraci și să pleci, eu primisem un astfel de mesaj.

– Bine, dar unde aveai telefonul?

– Îl aveam sub perna de lângă noi. Telefonul a început să vibreze chiar după acele momente pe care le-am împărtășit cu tine. Mi-am aruncat ochii pe el și am văzut mesajul. Am simțit că o iau razna.

– Ți-a spus ceva legat de asta când ai ajuns acasă?

– Nu. Acasă am ajuns două zile mai târziu. I-am spus că voi sta la o prietenă și nu a părut să-l deranjeze chestia asta. El mi-a spus că este plecat câteva zile cu afaceri în afara țării.

– Era posibil să nu fi fost plecat?

– Orice era posibil cu un astfel de om. Știi ce este cu adevărat ciudat? Nu mi-a spus nimic de faptul că am fost cu tine, dar a întrebat cum a fost concertul, deși eu nu îi spusesem că mă voi duce acolo.

– Bine că ai scăpat de el.

– Da! Am auzit că are o soție în vârstă de 25 de ani acum.

– Se descurcă, spuse Daniel, zâmbind.

•••

Se părea că ploaia îi ocolise. După ce s-au ridicat de la masă, soarele i-a răzbit puternic, făcându-i să-și mijească ochii.

Văzând mulțimea de tineri care umplea trotuarele, Cătălina simți deodată că era strivită de cei 35 de ani trăiți într-o neîmplinire sentimentală continuă. Simțea că un ghinion absurd o urmărea doar ca să-i demonstreze că viața are atât de multe momente nedorite, încât este imposibil să le ții numărul.

– Sper să ne mai vedem, îi spuse Daniel și veni spre ea. Intenția lui fu să-i pupe obrajii ca unei vechi prietene și confidente. Din cauza unei proaste sincronizări și a șepcii aceleia roșii pe care bărbatul și-o îndesase pe cap și pe al cărei cozoroc îl mutase în lateral, cei doi se sărutară pe gură. Era un moment care se transforma din ceva penibil în ceva plăcut. Părea că niciunul nu regreta acest gest la care se ajunsese dintr-o întâmplare nefericită sau poate fericită.

Cine ar putea spune dacă un sărut poate fi începutul unui lung șir de momente frumoase sau acesta ar putea da startul unei relații care nu va aduce decât suferință?

Bărbatul simțea parfumul care stătea cuibărit în părul, pe gâtul și pe umerii acelei femei care dispărea mereu din viața lui exact atunci când o dorea mai mult. Îi șopti încet la urechea aceea pe care ea o atinsese cândva, fără să știe:

– Îți mulțumesc că ai rămas la fel de frumoasă. Parcă ai făcut o înțelegere cu timpul și l-ai convins să te ocolească. De câte ori ai plecat, m-ai lăsat cu un regret pe care nu-l pot descrie. Și nu a fost numai asta. Mă simțeam rătăcit și singur. Trebuia mereu să treacă ceva timp pentru a mă convinge că nu suntem meniți să fim împreună. Mă gândeam mereu că nu am depus niciun efort pentru a te reține lângă mine. Crezi că aș fi putut s-o fac în vreun fel?

Femeia se uită la el fără să spună ceva. Daniel simți nevoia să continue discuția. Se simți ca un poet care mai are nevoie de câteva cuvinte pentru a încheia o poezie așa de bună, cum nu a mai fost scrisă de nimeni. Nu le putu găsi. Se mulțumi, în schimb, să spună ceea ce simțea în acele momente.

– Tu ești în continuare o femeie minunată, iar eu un biet funcționar fără un viitor strălucit. Un om grotesc de normal. Pentru tine nu voi fi niciodată îndeajuns. Ești altfel. Pe tine normalitatea te-ar face nefericită.

Făcu o pauză și apoi adăugă:

– Și mai sunt și teribil de însurat.

Cătălina zâmbi. Luă mâna bărbatului și o sărută, simțind că-i mărturisise ceva ce ar putea să-i schimbe viața. Ceva ce aștepta demult să audă.

– Îți este bine cu ea?

– Datorită ei am învățat multe despre oamenii din jur, despre slăbiciunile și despre virtuțile acestora. Eu nu am fost niciodată un tip foarte social. Mă completează și mă ajută să...

– O iubești?

– Îmi este bine cu ea, dar atunci când sunt cu tine am ciudata impresie că soția mea nici nu există. Este doar o vagă amintire. Prezența ta o transformă într-un om oarecare. Știu că nu este normal să vorbesc așa despre ea, căci a fost mereu sinceră cu mine și nu m-a înșelat niciodată.

Aceste cuvinte îl făcură pe Daniel să se oprească. Oare soția lui era fericită cu el? Dintr-o cafenea din apropiere se auzea până în stradă melodia In your eyes a lui George Benson.

– Hai cu mine, îi spuse direct femeia.

Bărbatul nu putea spune nimic. Parcă era vrăjit. Mergea alături de ea fără să se împotrivească.

– Cât timp poți să lipsești? îl întrebă Cătălina.

– Două, trei ore cel mult, vorbi încet bărbatul, privindu-și ceasul.

– Faci ceva pentru mine?

Daniel se mulțumi doar să dea din cap a confirmare.

– Scoate-ți șapca aia idioată!

El și-o îndesă și mai tare pe creștet. Trase cozorocul mai jos, pe frunte.

– Să nu mă recunoască cineva, își justifică el refuzul.

Mergea alături de ea și stătea cu teama că ar putea să-l vadă cineva în compania altei femei decât a soției lui. O teamă oarecum nejustificată, căci pe stradă te poți întâlni foarte bine cu o colegă de birou, de facultate sau cu o verișoară. Chiar și cu o vecină care locuiește vis-à-vis de fosta ușă a ta, la fosta adresă, pe care o aveai înainte să te căsătorești.

Ca să fie și mai greu pentru Daniel, Cătălina stătea neobișnuit de aproape de el și, la anumite intervale de timp, îl atingea, de parcă ar fi vrut să-l țină de mână. Fusese inspirat în acea dimineață când alesese să-și pună șapca roșie pe care nu o mai purtase până atunci. Se îmbărbăta la gândul că nimeni nu l-ar putea recunoaște chiar dacă l-ar vedea și de la un metru distanță.

– Haide să o luăm pe străduța asta, printre blocuri, Cătălina. Mergeau paralel cu strada principală.

Ocoliră o statuie mare din bronz care se afla pe bulevard, făcură stânga pe lângă o clădire de birouri și ajunseră într-o zonă în care mulțimea de oameni dispăruse.

O luă de mână pe femeie și simți cum sângele începu să-i fiarbă în vene. Se simțea ca un adolescent, deși avea 35 de ani, care-și trăia fiorii dragostei. La anumite perioade de timp o trăgea pe Cătălina spre el și o săruta. Înainte să facă acest lucru, își întorcea cozorocul la spate. Când femeia se îndepărta, îl așeza iar pe frunte. Apoi o lua de mijloc cu mâna dreaptă, iar palma îi aluneca ușor spre fundul rotund și bine conturat al femeii. Rochița ei ușoară îi dădea de furcă bărbatului. Vântul bătea din spatele lor, iar din când în când rochia i se ascundea între pulpe, lăsând vederii, prin materialul transparent, forma și culoarea chiloților. Când Daniel încerca să pună mâna acolo unde vântul nu cerea niciodată voie, ea îi lua palma și o ridica înapoi pe șold.

– Nu ți se pare că ești cam obraznic? îl întreba pe un ton care de fapt spunea „nu e deloc rău fundul meu, nu?"

– Nu, spunea excitat el și-l durea faptul că trebuia să renunțe la acea atingere.

– Nu poți să mai ai răbdare?

– Nu, spunea el din nou, la fel de excitat.

– Mai știi unde stătea prietena mea?

– Nu, spuse el din nou.

– Nu știi să spui și altceva?

– Ba da, dar de ce atâta risipă de energie?

Femeia aceasta îi dădea un curaj de care el nu se știa capabil.

•••

Când au ajuns în apartamentul prietenei, au observat că soarele lumina puternic camera în care se văzuseră ultima oară.

Cătălina a tras draperia și, până să mai spună ceva, s-a trezit luată în brațe și trântită pe pat. Daniel a întors-o cu spatele la el, i-a ridicat rochia și a început s-o muște lacom de fund.

Ea și-a dat rochia jos și a aruncat-o lângă pat.

Daniel îi săruta în neștire corpul. Își cufundă nasul în pielea fierbinte a gâtului femeii și îi șopti, plin de dorință:

– Te-am dorit din prima clipă în care te-am văzut.

Cătălina s-a lăsat absorbită de acea intensitate a pasiunii pe care n-o mai cunoscuse până atunci la vreun bărbat. Gemea ușor la fiecare sărut pe care-l primea. El își cufundă capul între sânii femeii. Sfârcurile erau tari și încă strânse în sutienul ei transparent. Începu să o savureze calm și în același timp fără să piardă nicio secundă fără să profite de acel trup care i se oferea necondiționat. Mâinile lui Daniel îi descheiară sutienul. Bărbatul îl scoase și îl aruncă pe un fotoliu. Cătălina nu se opuse deloc, de parcă făcuse o greșeală că își acoperise astăzi sânii cu el.

– Ești perfectă, Cătălina, îi șopti bărbatul cu o voce guturală.

Îi ridică sânii cu palmele, iar limba lui se juca neîncetat cu sfârcurile femeii care înfloreau sub sărutări. În loc să-i mulțumească pentru complimentul primit, femeia începu să vibreze ușor, pătrunsă de plăcerea atingerii.

Era atât de bine să fie atinsă de un bărbat... Îi cuprinse capul acestuia cu ambele mâini. Îl conducea prin zone ale corpului care o făceau să-și piardă rațiunea.

Daniel era atât de excitat încât simțea că-și pierde rațiunea. O pătrundea pe femeie și se mișca haotic între coapsele ei. Ea se deschidea tot mai mult sub pasiunea lui. O afunda în saltea și ea îi primea cu bucurie greutatea. Bărbatul era tare și greu. Îi simțea masculinitatea care punea stăpânire pe întreaga ei ființă.

Trupul femeii răspundea la fiecare atingere. Se arcuia și se abandona. Respirația i se accelera, iar acel sunet îl excita și mai tare pe bărbat. Daniel rămase așa nemișcat, simțind că plutește împreună cu ea în acea cameră.

– Simți cum plutim, Cătălina?

Femeia nu mai spunea nimic. Îşi muşca buzele şi-şi trăia pasiunea aşa cum numai o femeie senzuală ştie să o facă. Avea ochii închişi şi-l trăgea pe bărbat tot mai tare în ea. El simţea că se sufocă sub frumuseţea ei şi în acelaşi timp suferea că nu este capabil să-i ofere atâta plăcere încât ea să uite de orice alt bărbat în această existenţă.

Cătălina îşi încolăci coapsele în jurul lui:

– Nu te opri, Daniel! Să nu te opreşti, iubitule.

Femeia începu să tremure din toţi porii de parcă nu mai aparţinea acestei lumi, ci uneia în care plăcerea era doar un cifru pe care ea îl ştia bine şi îl repeta fără încetare.

Sincronizarea a fost minunată, iar cei doi iubiţi au trăit explozia orgasmului în acelaşi timp. Câteva minute mai târziu, el stătea cu urechea lipită de sânii ei şi îi asculta freamătul profund al trupului.

Bărbatul începu să plângă uşor. Se simţea ca şi când fusese dezlegat de un mare blestem pe care îl căra după el din ziua în care aceeaşi femeie îi spusese să plece. Cu degetele se juca pe cicatricea mică şi albă rămasă de la o operaţie de apendicită.

– Aveam 8 ani când m-am operat, spuse Cătălina.

– Şi cicatricea asta e perfectă la tine.

– Spui prostii, se alintă femeia şi îl sărută pe gură.

-Eşti delicioasă când atingi orgasmul. Ar trebui să te filmez.

– Eşti nebun, Daniel, spuse ea. Nu te-aş lăsa să faci aşa ceva. Eu sunt experta în filmări. Dacă vrei să…

Daniel îşi puse arătătorul pe buzele femeii. Îi cerea tăcerea. Se aşeză din nou cu creştetul pe pieptul ei. Aţipi jumătate de oră. Acel somn îl umplu de o energie pe care nu o mai simţise până acum.

Se trezi şi se uită la ceas. O sărută pe Cătălina. Se îmbrăcă şi se îndreptă spre uşă. Nu înainte de a mulţumi încă o dată femeii pentru fericirea pe care aceasta i-o dăruise.

SE POARTĂ INFIDELITATEA?

Într-una din seri, înainte să intre în pat lângă el, soția lui se fâțâia prin cameră în chiloți. Ori că lui i se părea, din cauza luminii slabe din cameră, ori că era adevărat, dar Elena avea niște mici vânătăi pe coapse. Când Daniel se uită mai atent, femeia puse repede un furou pe ea. Privirile lor se intersectară după ce el se uită la vânătăi, iar ea își privi soțul cu spaima elevului care copiază la o lucrare și devine foarte încordat în preajma profesoarei. Este dat de gol nu de fapta în sine, ci de atitudinea și frica pe care le afișează ostentativ.

Daniel se gândea în acel moment că făcuse o prostie atunci când cumpărase în camere doar becuri de capacitate mică. Dacă ar fi fost suficientă lumină, ar fi putut avea siguranța că ceea ce a văzut nu era un joc de umbre.

Se gândi să deschidă subiectul și să-i spună: „Mi se pare mie sau ești vânătă pe picioare?" Ce ar fi rezolvat? Femeia ar fi putut răspunde cu zeci de tipuri de minciuni: „M-am lovit de bara de la scări când urcam cu toate cumpărăturile pe care mă lași să le car singură de fiecare dată, căci tu nu vrei să mergi cu mine. Te plictisești în magazine." Sau „Am fost cu o prietenă la un salon de masaj foarte bun și probabil de acolo am acele vânătăi." Sau „Nu ți-e rușine să mă suspectezi că te-aș putea înșela? Atâta încredere ai în mine? Așa arată iubirea din punctul tău de vedere?" Îi putea întoarce răspunsul în așa fel, încât tot el ar fi ieșit vinovat.

Cel mai rău ar fi fost să admită că are un iubit. Asta ar fi fost răspunsul care l-ar fi înnebunit de durere. „Da, a venit la noi la firmă un avocat tânăr și frumos. Are un zâmbet care m-a fascinat. Nu știu cum s-a întâmplat și am ajuns în pat cu el. Și este un zeu în amor. Mă face să mă simt de parcă m-aș descompune în mii de bucăți și fiecare din ele are propriul orgasm. Îl ador. Chiar voiam să deschid subiectul despre acest lucru, dar, dacă tot ai întrebat, poftim."

Toate aceste posibile răspunsuri erau inventate de mintea bărbatului în perioada scursă între momentul în care soția lui stinse veioza și momentul în care se băgă în pat lângă el. Deci câteva secunde.

Știindu-se vinovat el însuși de fapte condamnate de toate

scripturile, bărbatul preferă să tacă. Nu era pregătit pentru niciunul dintre posibilele răspunsuri.

Își luă soția în brațe și o întrebă:

– Ți-e frig?

– Puțin.

O întoarse cu fundul la el și, simțindu-i parfumul și pielea fină, bărbatului îi veni un chef nebun să facă dragoste cu ea. Soția simți cum creștea dorința în spatele ei și taxă dur impulsul soțului.

– Nu te supăra, Daniel, dar chiar nu am chef acum. Mă simt obosită. Am stat ore întregi la casele de marcat prin supermarket. Și am cărat toate sacoșele alea singură, ca de fiecare dată.

– Dar știi că...

– Știu, da. Tu te plictisești de moarte la cumpărături.

Soțul se gândi că unul dintre posibilele răspunsuri legate de vânătăi îl anticipase bine. Însă nu știa toate secretele femeii de lângă el. De parcă le-ar putea ști vreun bărbat.

Se întoarse cu spatele la ea și-și lăsă gândul să zboare la Cătălina. Măcar ea nu-i interzicea amorul.

•••

De câte ori pleca de la Cătălina, strângea prezervativele folosite și le înfășura cu grijă în câteva șervețele. Ea nu le atingea, de parcă Daniel le folosea doar pentru el. Îi spunea:

– Ia-ți mizeriile astea de aici. Nu mă interesează unde le arunci.

El o pupa ușor pe obraz la ieșire, căci pasiunea pe care o avea la venire, acum era ca și inexistentă. Se găsea în șervețele...

Ieșea cu atenție din apartamentul ei, cu ochii în patru, pentru a vedea tot ce se întâmplă și ce oameni îl pot recunoaște. Măcar așa ar fi pregătit o explicație plauzibilă. Nu știa ce anume va spune, dar se descurca el într-un fel. Așa cum fac toți cei care mai ies din rând.

Se plimba cu mâna în buzunar prin oraș, iar în pumnul strâns se aflau dovezile promiscuității sale. Trecea pe lângă două coșuri de gunoi stradale, iar la următorul arunca cocoloșul de hârtie care era atât de mare, încât aveai impresia că are în mână o minge mică. Credea el că numărul trei este cel norocos. Așa cum se întâmpla în toate basmele și poveștile. Al treilea băiat și a treia fată a împăratului sunt mereu cei mai frumoși și mai norocoși.

Obsesia asta pentru cifra trei îl urmărea încă din copilărie. Dacă se întâmpla, ca lângă al treilea coș de gunoi să se afle o persoană sau două care discutau, atunci Daniel mergea mai departe. Avea idioata impresie că omul sau oamenii care s-ar fi aflat acolo ar fi cotrobăit în coș să vadă ce a aruncat el. Imaginația îi juca feste și mai departe și parcă vedea că într-o bună zi, în care stătea liniștit în casă cu soția lui, s-ar fi trezit cu cineva la ușă. O persoană necunoscută care ar fi bătut în ușă, iar, atunci când ar fi deschis soția lui, aceasta i-ar fi spus:

„Nu vă mai aruncați prezervativele la gunoi pe stradă. Vă urmăresc de ceva timp. Nu e prima oară când faceți asta.”

Ce explicație ar fi putut da el atunci? S-ar fi văzut obligat să-și recunoască aventura.

Din cauza acelor impresii, Daniel începea iar să numere coșurile de gunoi dacă dădea de cineva lângă al treilea. Mergea mai departe pe străzi și bulevarde, plecând de la numărul unu la primul coș întâlnit. Se întâmpla câteodată să dea de cineva și la al nouălea coș. Astfel că timpul pe care îl petrecea să arunce prezervativele devenea dublu față de timpul petrecut cu amanta.

Dacă se întâmpla să-l sune soția, îi spunea că se plimbă prin oraș, căci simțea nevoia de aer curat. Când arunca acele șervețele, avea privirea unui traficant de droguri care nu era sigur niciodată dacă-l trădase cineva și, astfel, se așteaptă ca dintr-un moment în altul să vadă lumina girofarului de poliție.

Nu era construit să înșele și totuși o făcea. Când îl suna Cătălina, nu spunea niciodată nu. Știa că ar putea-o pierde dacă ar fi refuzat-o. Inventa tot felul de scuze pentru a se duce la ea. Se și mira câtă originalitate se afla în el atunci când trebuia să mintă.

Îi plăcea la nebunie când amanta lui îl întreba:

— O să faci mereu dragoste cu mine?

— De câte ori o să dorești asta, îi spunea Daniel și în acel moment se simțea din nou ca la 17 ani. Vârsta pe care o avea atunci când o întâlnise.

Femeia vorbea cu el, folosind o mulțime de diminutive. Ei îi plăcea să se alinte și asta îi dădea un aer de feminitate care îl înnebunea pe bărbat. După ce făceau dragoste, se plimba prin cameră îmbrăcată în niște chiloți minusculi și un maieu prin care i se vedeau sânii mici și fermi. Își punea câte o mână în șold, ca fotomodelele, și întreba:

– Îți plac?

Bărbatul simțea pe loc cum se excita și o trăgea înapoi în pat, sorbindu-i corpul ca un om rătăcit prin deșert care găsește întâmplător un ulcior cu apă rece și proaspătă. Ea torcea de plăcere și îl trăgea de păr, conducându-i capul în cele mai ascunse părți ale trupului ei. Când îl apuca așa de păr, el știa că trebuie să facă ceea ce-și dorea iubita lui. Îl plimba în susul și în josul corpului ei, iar el, ascultător, săruta, mângâia sau atingea cu limba toate formele apetisante ale amantei pe care o visase de atâta vreme.

Nicio dorință de-a ei nu era privită de bărbat ca fiind vulgară. Nicio toană erotică nu era peste puterile lui. Se simțea ca o jucărie sexuală ce stătuse până acum într-un sertar, ascuns de ochii indiscreți ai lumii, iar acum avusese șansa de a primi un destin cu adevărat nobil. Să ofere plăcere acestei femei care se delecta cu fiecare șoaptă și se înfiora la fiecare atingere. Daniel era fericit că, în sfârșit, simțea că are o însemnătate viața lui, care se derulase până acum molatecă și searbădă, ca o zi de post.

De câte ori îl trăgea amanta de păr, de atâtea ori creștea încrederea în el și în faptul că nu este deloc chel. Toate acele glume făcute de către prietenii lui erau doar fantasmagorii inventate din plictis. Era sigur că acum ei se gândeau la alte glume pe care ar trebui să le facă și altora.

În brațele Cătălinei se simțea ca un sultan care nu mai avea nevoie să apeleze la nicio altă femeie, deși haremul era plin ochi. Era sigur că i-ar fi trebuit o viață pentru a-și sătura sufletul cu aceste voluptăți și delicii pe care i le oferea această minunată făptură.

Un prieten de-al lui Daniel se transformase într-un fel de codoș. Îl acoperea când avea nevoie. Îl suna pe telefonul soției ca să întrebe dacă Daniel nu ajunsese acasă că doar ce plecase de la el și uitase să-i spună ceva, iar el nu răspundea la telefon.

Elena nu s-ar fi gândit niciodată că un bărbat atât de liniștit, cum era Daniel, ar fi putut să reprezinte un vis erotic pentru o altă femeie. Când intra pe uşă, obosit, mirosind a parfumul Cătălinei, soţia lui îi spunea:

– Mocofan mai eşti. Degeaba te duci la prietenul tău dacă uiţi mereu să discuţi cu el tot ce este mai important.

Daniel ridica din umeri ca şi când îşi asuma această lipsă de atenţie…

•••

Într-una din zile, Daniel veni mai devreme acasă. Sistemul informatic al băncii nu mai mergea. Mai erau două ore până la închidere. Fuseseră anunţaţi de angajator că pot pleca acasă. Intră în bucătărie fără să se descalţe. Îşi făcu un sandwich cu şuncă şi salată. Apoi îşi turnă într-un pahar tot laptele pe care-l găsi în frigider. Îl bău aşa. Rece. Mâncă repede, cu plescăituri zgomotoase. Nu avea nevoie să mănânce elegant. Nu-l vedea nimeni. Mai puţin câinele. Acesta se uita în gura bărbatului cum mesteca.

– Lasă-mă în pace, Ben! Măcar o dată. Tu ai mâncarea ta.

Şi lapte nu-ţi dau, oricum, că nici eu nu am îndeajuns.

Câinele înţelese repede că nu va căpăta nimic. Îl privi cu ură pe bărbat şi-şi luă tălpăşiţa în altă cameră. După ce termină de mâncat, Daniel se gândi că nu se uitase la termenul de garanţie al laptelui. Parcă era de ceva timp în frigider. Acum ce rost mai avea să se uite. Cutia o aruncase deja în coşul de gunoi. Dacă s-ar fi uitat şi ar fi văzut că nu mai era în termen, i s-ar fi făcut rău imediat. Era sensibil la chestiile astea.

Se descălţă şi intră în living. Era plictisit. Nu ştia ce să facă acum cu acel timp în plus care nu-i aparţinuse nicio- dată până acum. Se simţea captiv în propria capacitate de a alege şi asta îi dădea o stare de plictis. Aprinse televizorul şi începu să apese butoanele telecomenzii de parcă atunci ar fi primit-o pentru prima oară. Pe un post era o emisiune despre importanţa agendei personale la oamenii ocupaţi. Era explicat faptul că anumite activităţi sau întâlniri sunt omise atunci când încercăm să ne programăm doar mental pentru înfăptuirea lor. Tot ei spuneau că e la fel de rău dacă pierzi agenda. Pierzi toate contactele sau, mai rău, o pot găsi cei de la firmele concurente.

El nu avea nevoie de agendă. Ce să țină minte? Unde lăsase rigla aceea? Pentru Daniel activitatea era una repeti- tivă și lipsită de creativitate. Șeful lui, da. Pleca tot timpul la întâlniri și avea o agendă pe care o căra peste tot. Se gândi că, dacă i-ar fi luat-o, ar fi fost ca și când i-ar fi luat mâinile. Chiar aveau dreptate cei care făcuseră emisiunea respectivă.

Daniel își aduse aminte că și Elena avea o agendă galbenă pe care o ținea mereu la capul patului. Se duse repede în dormitor. O găsi și o aduse cu el în sufragerie. O lăsă pe fotoliu și se duse la ușă ca s-o încuie și sus și jos de câte două ori. Dacă ar fi venit soția lui, ar fi avut tot timpul să ducă agenda la locul ei.

Elena lucra în vânzări. De multe ori se deplasa în afara orașului la anumite ședințe sau întruniri cu unii colegi ale căror nume nu putea să și le amintească. Ea îi povestea mereu, dar el nu considera important acest lucru. Fiecare cu munca lui.

Nu se considera un tip suspicios și nici gelos, dar, de când i se păru că văzuse acele vânătăi pe coapsele soției sale, parcă ceva îl împingea să cerceteze acest aspect. Deschise agenda cu un sentiment de teamă, venerație și excitație. Toate în același timp. Își aruncă ochii lui negri peste filele pline de mâzgălituri și numere.

Agenda aia parcă era un teren în care începi să forezi, știind că în orice moment poate țâșni la suprafață un șuvoi de petrol. Era mult de studiat. Parcă erau niște hieroglife care necesitau zile întregi pentru a fi decodificate. Un manuscris ascuns într-o agendă. Orice însemnare, oricât de mică, putea fi o dovadă vie a trădării.

„Dan, astăzi la 15" sau „Cristi, mâine la 12 și la 17." „Alex nici astăzi nu răspunde. A părut nemulțumit la ultima întâlnire."

Erau și câteva nume de femei, dar cele mai multe nume erau de bărbați. Sub fiecare astfel de mesaje erau și niște cifre. Ca niște coduri. Unele nume păreau masculine așa cum puteau părea destul de feminine. Numerele de telefon nu erau trecute în linie ci pe trei-patru rânduri unele sub altele. Două cifre sus, trei mai jos, încă două și tot așa. Era o anagramă care putea fi citită de sus în jos sau de jos în sus, la fel de bine. Un mister al cărui cod era în mintea Elenei. Doar ea știa șablonul care putea deconspira activitățile din agendă.

Bărbatul era mâhnit, dar și fascinat de toate acestea. Nu știa ce să mai creadă. Agenda putea fi martorul perfect al inocenței soției lui, așa cum putea fi rechizitoriul ideal prin care s-ar fi putut demonstra cu ușurință infidelitățile unei femei.

Daniel încercă să formeze cu apel ascuns câteva numere de telefon din agendă. Unele nu erau numere de telefon, căci îi răspundea un robot cu acea voce impersonală „Număr inexistent."

Alte numere, dimpotrivă, erau chiar ale unor bărbați, căci Daniel le auzea vocea în telefon. Le asculta timbrul vocii și încerca să-și imagineze doar din simpla vibrație a acesteia aspectul amantului soției lui. Oare ce vârstă avea? Ce-i plăcea Elenei să facă în pat cu el? O iubea pe soția lui sau se întâlneau doar pentru a deranja cearșafurile de pe paturile hotelurilor?

Daniel închise în sfârșit agenda, gândindu-se câtă falsitate amoroasă era el capabil să exprime. Nu știa cum să se vadă mai repede cu Cătălina în zilele următoare și totuși, iată-l, căutând și sperând să vadă vreo urmă de infidelitate a propriei soții căreia îi jurase credință. Dacă ar fi găsit ceva, probabil i-ar fi fost lui mult mai ușor să atingă frumosul corp al Cătălinei. Și-ar fi spus că se răzbună.

Duse agenda înapoi, înainte de a se asigura că nu căzuse vreo notiță sau vreo foiță din ea. Întorcându-se la televizor, observă că emisiunea se încheia: „Agenda, prieten sau dușman? Sfârșitul primei părți."

– Ce naiba este așa mult de spus despre un rahat de agendă? Te pomenești că au făcut vreo șase părți, se trezi bărbatul, gândind cu voce tare.

Câinele, care stătea ghemotoc în fața lui, își ridică ochii și se uită cu bunăvoință la stăpân. Așa cum te uiți la un prieten care ți-a scăpat telefonul din mână dar nu ți l-a spart.

Se auzi cheia în ușă și Daniel zâmbi malițios la gândul că-și făcuse treaba impecabil și se încadrase în timp. Ben se repezi la ușă și lătrăturile lui dese și ascuțite se auziră curând și pe holul blocului. Elena intră în casă. Nu se putea descălța. Ben nu o lăsa. Își manifesta iubirea. Daniel era ceva mai rezervat. Își aștepta soția în același fotoliu în care, mai devreme, îi căutase aventurile.

Femeia intră și-l pupă scurt pe buze.

– Ce este cu tine așa devreme?

– A căzut sistemul și nu...

– Mă enervează că mi-am uitat agenda acasă, îi opri femeia explicația. Cred că m-a așteptat ceva timp Marcel. O să-l sun mâine. Sper că nu s-a supărat.

„Cred că l-am sunat eu mai devreme", se gândi Daniel.

Însă vocea lui a spus altceva:

– Nu înțeleg de ce nu memorezi numărul lui în agenda telefonului, Elena!

Femeia se uită fix în ochii lui și-i spuse motivul, de parcă ar fi vrut să se asigure că bărbatul pricepe din prima. Se părea că nu avea de gând s-o spună și a doua oară:

– Sunt clienții mei, Daniel. Nu iubiții mei. Mă duc să fac un duș.

Spuse toate astea cu atâta convingere, încât bărbatul uită imediat faza cu agenda de mai devreme. Nu! Elena nu-l înșela.

O VESTE PROASTĂ

– Nu ne mai putem vedea, îi spuse direct, fără niciun menajament Cătălina din prima secundă în care el răspunse la telefon.

Daniel simțea că limba îi devenea cleioasă și nu mai putea să rostească nimic.

– Nu este o relație sănătoasă ceea ce avem. Asta dacă ar putea fi numită relație.

– Bine, dar..., încercă bărbatul să-și exprime părerea.

– Daniel, știi foarte bine că nu-ți vei părăsi niciodată soția și, de fapt, nici nu ți-am cerut acest lucru. A fost o ieșire din cotidian ceea ce am avut noi. Dacă la început mi s-a părut surprinzătoare, acum a devenit lipsită de emoții chiar și această ieșire din cotidian. Nu mai are nimic excepțional. A devenit banală această aventură. Și pe lângă asta...

Cuvintele rămaseră suspendate undeva între gura Cătălinei și urechile lui Daniel. Părea că urmează ceva umilitor. El simți asta și închise ochii. Se simțea ca o victimă pe un eșafod, în timp ce-i era pregătită ghilotina. Se făcuse vinovat de simplul fapt că nu putea fi bărbatul pe care și-l dorea femeia care-i pregătea reproșul.

– Spune, te rog. Sunt pregătit.

– Ești lipsit de ambiție, Daniel. Nu te supăra pe mine, dar nu ai curajul de a face nimic cu viața ta. Îmi pare rău, dar vreau altceva.

– Am înțeles! spuse el și suferința din glasul lui ar fi putut cuprinde un cartier întreg.

Fără să-i simtă durerea, care deja era evidentă, femeia adăugă:

– Te rog să nu mă mai cauți nici la telefon și nici la prietena mea.

În disperarea de a nu o pierde, bărbatul recurse la un truc emoțional care l-ar fi putut salva.

– Tu ești tot ce mi s-a întâmplat mai bun în viață, apucă el să spună și apoi auzi tonul de ocupat. Ea îi închisese deja.

Ca orice altă despărțire, nici aceasta nu se făcea cu flori și cu zâmbete. În acel moment, Daniel se gândea că femeia aceasta era o persoană lipsită de sensibilitate care-l învârtise pe degete ca pe un prostuț. Nu ar fi iubit niciodată un bărbat ca el. Fusese doar o mică barcă în viața ei. O barcă de care femeia se folosise ca să nu se înece. Acum se părea că ea ajunsese pe mal, în siguranță.

„Nu e normal ca amanții să se despartă în cel mai răsunător moment al pasiunii lor" se gândi bărbatul. Numai că ea nu se gândise la acest lucru...

•••

Ca un făcut, CD playerul rula atunci *Love Hurts* a lui *Nazareth*. O melodie care făcea parte din relația celor doi amanți, așa cum făceau parte și aromele de parfum și cearșafurile mototolite. Daniel începu să lăcrimeze. Își luă soția în brațe și o strânse la piept de parcă pe ea o pierduse. Femeia citea o carte. Îl încurajă chiar să se cuibărească și mai tare, căci astfel de momente erau mai rare. Cu mâna stângă ea ținea cartea, iar mâna dreaptă și-o plimba prin părul soțului ei. Faptul că și soția lui își pierdea degetele prin părul lui îi oferea puțină liniște.

El scâncea ușor fără să-și manifeste motivul, iar ea îl atingea drăgăstos, fără să-l întrebe de ce scotea acele suspine.

„Bărbații sunt ca niște copii" se gândi ea și zâmbi ușor.

Un bărbat care-și plângea, în brațele soției, amanta care-l părăsise. Iată un scenariu total lipsit de eleganță. Așa adormi el în prima noapte după ce primi teribila veste. În timpul nopții îi striga încet numele Cătălinei, însă doamna lui dormea dusă, fără să aibă ghinionul de a fi auzit un alt nume de femeie strigat de buzele soțului ei în patul care ar fi trebuit să fie un sanctuar numai al lor.

Noaptea, pe la ora 3 Daniel se trezi. Gândurile nu-l mai lăsau să doarmă. I se părea că trăise o mare poveste de iubire care nu era terminată. Îi lipsea finalul. Nu putea să lase lucrurile așa.

Dorul de Cătălina îl sugruma ca un șarpe constrictor care se încolăcește în jurul gâtului până ce nu-ți mai rămâne nicio soluție decât să accepți realitatea. Abandonul. Sfârșitul...

Se ridică încet de lângă soția lui. Simți nevoia de a scrie ceva. Nu mai simțise niciodată un astfel de imbold. Parcă era controlat din interior de o forță care-l îndemna să pună mâna pe un creion și pe o foaie.

"Daniel, nu lăsa lucrurile așa. Trebuie să afle și alții despre povestea voastră. A fost adevărată. Nu a fost nimic fals.", i se adresa conștiința.

Într-o stare de sevraj, Daniel se duse la dulap, scoase o foaie și un creion, aprinse lampa de pe birou și începu să scrie. Cuvintele se înghesuiau în mintea lui. Se sufocau unele pe celelalte. Se întreceau. Doreau să iasă cât mai repede. Daniel știa în acel moment că aceea era singura cale prin care s-ar fi putut liniști. Începu să scrie:

„Mi se dăruia de fiecare dată cu fiecare părticică și cu fiecare atom. Cu fiecare fibră din buzele nesfârșit de roșii...

Mă privea mereu ca pe unicul bărbat existent. Probabil, pentru ea, asta întruchipam.

Și în momentele în care eram același trup, pe buze avea mereu un murmur: era numele meu. Și acesta îmi suna în urechi mult mai încet decât și-ar fi dorit ea să-l aud...!

Știa să tremure sub privirea mea, dar nu de frică, ci dintr-un fior care se năștea spontan atunci când îi admiram pielea, sânii și gura care mă sorbea de fiecare dată ca pe cea mai fină șampanie.

Ne iubeam într-un mod spontan, de fiecare dată când ne întâlneam, fără să mai întrebăm nimic, fără să ne mai cerem voie... Era un acord total, tacit, ca un contract pe care îl semnam amândoi, de fiecare dată, printr-o simplă privire.

După ce ne despărțeam, nu mai rămâneau decât lacrimi care se formau la gândul fericirii ce aveam să o trăim la următoarea întâlnire.

De fiecare dată a fost la fel: o pasiune mistuitoare care nu-și pierdea intensitatea pe măsura trecerii timpului.

Povestea s-a terminat, însă, ca energia dintr-o baterie ce refuză dintr-o dată să mai alimenteze cu viață angrenajul pe care îl punea așa de frumos în mișcare. Fără să anunțe asta, dinainte, printr-o încetinire... Printr-un repaus.

S-a terminat cu un telefon și câteva cuvinte reci, spuse la repezeală. O voce lipsită de pasiunea care-mi făcea fluturii din stomac să-și piardă orice direcție și orice sens.

Ea nu era a mea. Nu a fost niciodată!

Ar fi vrut de multe ori să-mi spună asta, atunci când ne-ntâlneam, dar nu a avut timp.

Și chiar îi dau dreptate..."

Atât a putut să scrie. Creionul a rămas suspendat în mâna bărbatului între foaie și lampa care parcă dădea tot mai puțină lumină.

Daniel ar fi vrut să scrie un întreg roman, dar cuvintele nu mai veneau. A rămas doar un foarte mic eseu despre o dragoste trăită cu întreaga lui suflare. O poveste scurtă, așa cum a fost și relația lui cu acea femeie.

Bărbatul se simți liniștit. Luă coala de hârtie și o citi de parcă o scrisese altcineva. Zâmbi mulțumit. Era plăcut surprins...

Împături cu grijă hârtia și o puse în șifonier între două pulovere. Stinse lumina lampadarului și se strecură ușor în pat lângă soția lui. Aceasta dormea și avea pe figură o expresie foarte împlinită. Daniel o sărută imperceptibil pe obraz și se culcă.

Câteva zile de la această întâmplare, Daniel era întors cu fundul în sus. Nimic nu-l mai mulțumea. Elena nu avea idee ce se întâmplase, dar se liniști când află că de fapt banca urma să facă restructurări. Un răspuns pe care bărbatul îl inventă, pentru a-și ascunde infidelitatea și suferința, obli- gând femeia să spună cu năduf:

– Să le ia dracu de bănci. Oricum, nu am înțeles nicio- dată de ce ai rămas acolo pe salariul ăla de rahat. Stai liniștit! Vom găsi noi o soluție...

El își privi soția. Se simțea vinovat pentru că o mințise și o neglijase. Începu să înțeleagă faptul că într-o relație de iubire cu o femeie trebuie să fii participant, nu spectator.

•••

În fiecare zi deschidea dulapul, scotea acea foaie, o citea, zâmbea, apoi o punea la loc. De parcă acele câteva rânduri ar fi avut obligația s-o păstreze pe Cătălina aproape de el. Se asigura că soția lui nu-l vedea, apoi așeza foaia la loc, cu evlavie, printre acele haine.

Daniel observă un lucru ciudat. Cu fiecare zi care trecea, acele rânduri trezeau în sufletul lui un ecou tot mai mic. Până când se stinse de tot. După două săptămâni se gândea la Cătălina așa cum te gândești la o bicicletă care ți-a fost furată. Era doar o tristețe rece care se transformă în nepăsare.

Și-a dat seama că nu mai putea să continue așa. Încerca să vadă partea pozitivă a acestei povești de dragoste. Sunt oameni care nu sunt meniți să fie împreună. Și, pe lângă asta, Cătălina nu l-a iubit niciodată. Dar el a reușit totuși s-o cucerească. Acest gând l-a făcut să-i crească încrederea în el. Acum nu se mai gândea nici la numărul mic de femei care au fost în viața lui și nici la părul care i se rărise, atâta timp cât a existat Cătălina. Și soția lui era o femeie frumoasă. Daniel se consideră dintr-odată norocos. Se simți împlinit.

În a treia săptămână se hotărî să rupă foaia cu acea poveste. O scoase dintre pulovere și o privi cu un fel de atitudine de parcă femeia o scrisese pentru el. Ca și când s-ar fi rugat de el să-i mai acorde o șansă. O mândrie ciudată se născu în sufletul bărbatului.

Luă foaia și o rupse în bucăți cât de mici pot degetele unui bărbat să rupă. O poveste de dragoste transformată în confeti. Luă bucățile și le băgă într-o pungă. Punga o ascunse cu grijă în buzunarul de la piept al sacoului. Mâine, când avea să plece la muncă, o va arunca.

A doua zi, în drum spre muncă, aruncă punga în primul coș de gunoi care-i ieși în cale. Fără nicio ezitare. Fără niciun regret. Se simți ca un general care a încheiat un armistițiu. Era liniștit!

Se învoi de la muncă pentru a pleca cu o oră mai devreme. Se duse la piață și cumpără câte ceva. Ajuns acasă, începu să prepare o mâncare specială pentru soția lui. Avea să-i facă o surpriză. Nu mai făcuse așa ceva până acum.

Când masa era aproape gata, Daniel auzi pașii Elenei pe scări. Bărbatul aprinse repede o lumânare parfumată pe care o luase pentru această ocazie și care era așezată în mijlocul mesei.

Când ușa se deschise, Daniel îi spuse soției:

– Sper că ți-e foame. Ți-am făcut ceva bun.

Elena îl privi înmărmurită. Daniel nu se înșela. Ochii ei străluceau mai tare decât au strălucit vreodată ochii celeilalte femei. Bărbatul nu reuși în acele momente să-și aducă aminte nici măcar cum o chema…

Sfârșit!

A.

Printed in Great Britain
by Amazon